Pizza & Pasta

Pizza & Pasta

Traditionelle und moderne Rezepte

Parragon

Bath • New York • Singapore • Hong Kong • Cologne • Delhi
Melbourne • Amsterdam • Johannesburg • Auckland • Shenzhen

Die deutsche Ausgabe erscheint bei
Parragon Books Ltd
Queen Street House
4 Queen Street
Bath BA1 1HE, UK

Verfasser: Ingeborg Pils, Stefan Pallmer
Einführung: Linda Doeser
Fotografie: Martin Kurtenbach, Buenavista Studio

Realisation der deutschen Ausgabe: trans texas publishing, Köln
Redaktion und Satz: Gundula Müller-Wallraf, München

ISBN: 978-1-4454-6172-4

Printed in China

Hinweise:
Sind Zutaten in Löffeln angegeben, ist immer ein gestrichener Löffel gemeint; ein Teelöffel entspricht 5 ml, ein Esslöffel 15 ml.
Sofern nicht anders angegeben, wird Vollmilch (3,5 % Fett) verwendet.
Es sollte stets frisch gemahlener Pfeffer verwendet werden.
Bei Eiern und einzelnen Gemüsesorten, z. B. Kartoffeln, verwenden Sie Exemplare mittlerer Größe.
Kinder, ältere Menschen, Schwangere, Kranke und Rekonvaleszenten sollten auf Gerichte mit rohen oder nur leicht gegarten Eiern verzichten.
Die angegebenen Zeiten können von den tatsächlichen leicht abweichen, da diese auch von der zubereitenden Person, der verwendeten Zubereitungsmethode und den vorhandenen Küchengeräten abhängen.

INHALT

Einführung

Italienisches Essen – egal, ob es sich um einen edlen Meeresfrüchtesalat, einen deftigen Kalbfleischeintopf, eine Gemüse-Frittata oder ein schaumiges Dessert handelt – ist auf der ganzen Welt bekannt für seine fantastischen Aromen, seine Frische und seine subtile Schlichtheit. Den Preis für die bekannteste und beliebteste italienische Küchenkreation weltweit teilen sich aber ganz eindeutig Pizza und Pasta.

Die Geschichte der italienischen Kochkunst ist eng mit der Geschichte des Landes verknüpft – politische und wirtschaftliche Entwicklung, geografische und klimatische Vielfalt, ländliche Traditionen, überlieferte Kultur und ein kraftvoller Lokalpatriotismus, den man *campanilismo* nennt. Invasionen, Expeditionen und Handel beeinflussten die Küche und bereicherten sie mit neuen Zutaten, etwa mit den vermeintlichen uritalienischen Grundnahrungsmitteln Tomate, Paprika und Chilli aus der Neuen Welt.

Pizza

Die Pizza ist ein Paradebeispiel für diese Art von typisch italienischer Küche: ein einfaches, sättigendes Gericht aus wenigen Grundzutaten, erdacht von den armen, aber erfinderischen Menschen aus Neapel im ländlichen Kampanien. Heutzutage ist eine Pizza immer mit Tomaten belegt, außerdem mit regional traditionellen Zutaten wie Zwiebeln, Artischocken, Oliven und natürlich Mozzarella. Sie wird immer fein mit Kräutern gewürzt – tatsächlich kommt das Wort *Pizza* vom Verb *pizzicare* (Italienisch für *würzen*). Die Bauern der Region hatten ihre Pizzas Jahrhunderte lang nur mit Kräutern, Knoblauch und Olivenöl gebacken, bevor im 18. Jahrhundert die Tomaten nach Italien kamen. Danach dauerte es noch einmal 150 Jahre, bis das erste Pizzarezept niedergeschrieben wurde. Dass die Pizza kein italienisches Geheimnis blieb, verdankt die Welt aber wohl der Armut, die im 19. und frühen 20. Jahrhundert viele Italiener dazu zwang, die Heimat zu verlassen. Ihre Küchentraditionen nahmen auch die Neapolitaner mit in die Neue Welt und machten die Pizza so weltbekannt.

Selbst Italiener aus anderen Regionen erkennen die Pizza als neapolitanische Spezialität an und sind stolz auf deren globale Popularität, auch wenn ihre „Weiterentwicklung" mancherorts schon seltsame Blüten treibt. Vor einigen Jahren musste der italienische Botschafter in London sogar eindringlich darum bitten, Pizzas endlich wieder nur mit traditionellen Zutaten zu belegen, um ihre Integrität und Authentizität zu wahren.

Pasta

Während die Ursprünge der Pizza wohlbekannt sind, sind die Wurzeln der Pasta weniger klar. Die Legende, der venezianische Reisende Marco Polo habe sie im 13. Jahrhundert aus China mitgebracht, klingt gut, ist aber wohl eher nicht wahr. Es gibt Beweise dafür, dass schon im vorrömischen Italien Pasta gemacht wurde, und auch in anderen Teilen Europas wurden ähnliche Teige verarbeitet. Die erste schriftliche Erwähnung von Pasta – übrigens aus Sizilien – stammt aus dem Mittelalter.

Wie Pizza ist auch Pasta ein Muster italienischer Küche. Sie ist sättigend, nahrhaft und nicht teuer, und sie kann, in den Händen von Italiens erfindungsreichen Köchen, mit einer fast unendlichen Zahl an Saucen aus allen möglichen saisonalen und regionalen Zutaten kombiniert werden. Sie ist ein Produkt Süditaliens mit seinem Hartweizenanbau. Der Weizen wird zu feinem Grießmehl gemahlen, aus dem die Pasta gemacht wird. Im Norden hingegen wird traditionell eher Reis gegessen. Die Besatzung Siziliens durch die Araber im 9. Jahrhundert trug ebenfalls zum Siegeszug dieses heute weltweit bekannten Nahrungsmittels bei. Ein ausgeklügeltes Bewässerungssystem erleichterte den Anbau von Hartweizen enorm, außerdem brachten die Sarazenen neue Zutaten wie Spinat und Mandeln mit. Es scheint, als hätten sie außerdem die Spaghetti erfunden, oder wenigstens die Röhrennudel, und eine Methode entwickelt, sie zu trocknen. Die Neapolitaner nutzten das warme, trockene Klima Kampaniens, in dem auch der Hartweizen gut gedieh, um die Nudelherstellung zu perfektionieren. Heute spielt das Klima bei der Produktion von Pasta natürlich keine Rolle mehr, sie wird in Fabriken im ganzen Land hergestellt.

Bei feierlichen Anlässen kann vor dem *primo* ein *antipasto*, eine Vorspeise, serviert werden. *Antipasto* heißt wörtlich „vor dem Essen“ (nicht „vor der Pasta“!). Antipasti sind meist kalte Speisen wie Meeresfrüchte, Gemüse oder Schinken, sie können aber auch warm sein. Auch aufwendige Desserts gibt es meist nur zu Festessen. Im Familienkreis isst man als Nachtisch eher frisches Obst.

Was es auch zu essen gibt, frisches Brot darf nicht fehlen. Man sagt, die Italiener äßen mehr Brot als jede andere Nation, aber das ist wohl übertrieben. Auch in einer Reihe von Appetithäppchen kommt Brot zum Einsatz: Bruschetta, beheimatet in Latium und den Abruzzen, ist geröstetes, mit Knoblauch eingeriebenes und Olivenöl beträufeltes Brot, nach Geschmack belegt mit Tomaten oder Bohnen. Toskanische Crostini sind ähnlich: Bauernbrotscheiben werden mit Butter bestrichen oder mit Öl beträufelt und im Ofen geröstet. Als Belag sind Tomaten, Sardellen oder Hühnerleberpastete beliebt.

Die traditionelle italienische Mahlzeit

Herzstück der traditionellen italienischen Mahlzeit sind die *primi* und *secondi piatti* (der erste und zweite Gang). Der erste Gang ist dabei keine Vorspeise, wie sie in anderen westlichen Ländern üblich ist, sondern dem zweiten Gang in punkto Gewichtung und Menge völlig gleichgestellt. Ein typisch italienischer erster Gang beim Mittagessen könnte Pasta sein, Risotto, Gnocchi oder Polenta, während zum Abendessen oft Suppe serviert wird. Der zweite Gang besteht meist aus Fleisch oder Fisch mit einem Gemüse oder einem Salat. Beide Gänge sollten sich ergänzen. Früher unterschieden sich die Speisepläne in Nord- und Süditalien noch deutlich, aber durch die Masseneinwanderung der armen Landbevölkerung des Südens in die Industriestädte des Nordens kurz nach dem Zweiten Weltkrieg haben sich die Traditionen so weit vermischt, dass man heute auch im Norden als ersten Gang lieber süditalienische Pasta isst als norditalienischen Risotto.

Die Küchen anderer Länder haben begeistert vor allem Rezepte für traditionelle italienische *primi piatti*, besonders Pastagerichte, übernommen und in Hauptspeisen verwandelt. Auch die Italiener haben heute selten Zeit für ein ausgedehntes Mittagessen, weshalb das Zweigangmenü meist zugunsten eines einzelnen Pastagerichts als *piatto unico* (Mahlzeit mit nur einem Gang) ausfällt. Salat isst man in Italien aber nie dazu!

Pizza & Brot

Pizza

Kaum ein anderes italienisches Gericht ist international so zum Synonym für die hiesige Küche geworden wie die *pizza* (wobei der Italiener darunter in erster Linie die Pizza nach neapolitanischer Art versteht). Das ist umso bemerkenswerter, als die Pizza ein Kind der Küche der Armen ist, geboren aus der Notwendigkeit, aus wenigen einfachen Zutaten ein schmackhaftes und sättigendes Essen zuzubereiten.

Das erste schriftliche Pizzarezept stammt aus dem Jahr 1858 – allerdings kannten die Neapolitaner dieses Gericht schon seit Anfang des 18. Jahrhunderts. Ende des 17. Jahrhunderts soll in Neapel zum ersten Mal ein Pizzateig mit Tomaten belegt worden sein. Ihren Siegeszug rund um die Welt trat die Pizza aber nicht von Neapel, sondern vom fernen New York aus an. 1905 eröffnete nämlich ein Signore Lombardi in New Yorks „Little Italy" die erste Pizzeria. Anders als in der Heimatstadt Neapel waren die amerikanischen Pizzen reichlich belegt und wurden schon bald ein großer Erfolg.

Dünne Hefeteigfladen werden zunächst mit einer aromatischen Tomatensauce bestrichen.

Anschließend belegt man die Pizzen mit klein geschnittenem Büffelmozzarella.

Marinara und Margherita

Als König Umberto I. von Italien am 11. Juni 1889 mit seiner Frau Margarete von Savoyen in Neapel weilte, äußerte sie den Wunsch, eine einheimische Spezialität zu probieren. In der Hofküche kreierte der Pizzabäcker Raffaele Eposito für sie eine neue Variante der üblichen *pizza marinara*. Die Marinara, eine Pizza mit Knoblauch, Oregano und Öl, war vor allem bei Fischern beliebt, wenn sie frühmorgens nach einer Nacht auf See wieder an Land kamen. Raffaele hielt die einfache Knoblauchpizza wohl für unpassend und wählte stattdessen als Belag Zutaten in den italienischen Landesfarben: Grün (Basilikum), Weiß (Mozzarella) und Rot (Tomaten). Die Pizza erhielt den Namen der Königin: *pizza Margherita*. Sie hat ihr wohl gemundet, denn fortan durfte sich Raffaele *Fornitore della Real Casa*, Königlicher Hoflieferant, nennen. Eine der ältesten Pizzerien Neapels, die Pizzeria Da Michele, serviert bis heute ausschließlich Pizza Marinara und Pizza Margherita.

Die einzige und echte neapolitanische Pizza

Die *Associazione Verace Pizza Napoletana* bemüht sich, die neapolitanische Pizza gegen Nachahmungen zu verteidigen. Sie hat Standards für eine authentische Pizza aufgestellt: Eine echte Pizza muss von Hand geknetet sein, der Pizzaboden darf nur von Hand geformt und abgeflacht werden und muss rund sein. Der Pizzateig darf ausschließlich aus Mehl, Hefe, Salz und Wasser bestehen.

Die Pizza darf höchstens einen Durchmesser von 30 cm haben und muss direkt auf dem Steinboden des Pizzaofens gebacken werden. Alle Abweichungen vom ursprünglichen Rezept „müssen in den Grenzen des guten Geschmacks und der kulinarischen Verantwortlichkeit liegen".

Frische Basilikumblätter und fruchtiges Olivenöl geben der Pizza Farbe und Würze.

Der Pizzaofen

Italiener müssen nicht lange nachdenken, wenn man sie nach den Gründen fragt, warum die Pizza bei ihnen so viel besser schmeckt als anderswo. Es ist der noch mit Holz befeuerte Ofen, der den Teigfladen ihren ganz besonderen, unverwechselbaren Geschmack verleiht. Der echte Pizzaofen ist kuppelförmig, und seine Innenwände sind mit feuerfesten Ziegeln ausgekleidet. Unweit von Neapel, in dem kleinen Dorf Maiano, werden diese besonderen Öfen seit dem 15. Jahrhundert in einer speziellen Technik aus dem Lehm der Halbinsel von Sorrent in Handarbeit hergestellt.

Auf dem Steinboden des Pizzaofens, direkt auf der Backfläche, brennt ein Feuer aus Holz, das kaum Rauch entwickelt, wie Kirsch- oder Olivenholz. Die Flammen erhitzen die Ofenwände, wobei die Form des Ofens für eine gleichmäßige Verteilung der Hitze sorgt. Ist der Ofen aufgeheizt, wird die Glut in den hinteren Teil des Ofens geschoben, um Platz für die Pizzafladen zu machen. Die glühende Asche hält die Temperatur des Backofens bei mindestens 400 °C. Bei dieser Hitze ist die Pizza schnell gebacken: In knapp einer Minute ist der Teigboden knusprig, die Tomaten sind noch nicht ausgetrocknet, der Mozzarella ist optimal geschmolzen, und die Fettsäuren des Olivenöls sind noch nicht zerstört.

Piadina

Was die Pizza für Neapel ist, das ist die *piadina* für die Emilia-Romagna und den Norden der Marken: ein unkompliziertes, preiswertes Gericht, das man mit den Fingern isst und zu dem man gern ein kleines Glas einfachen Landwein trinkt. Die Piadina besteht aus Weizenmehl, Schmalz, Salz, Bikarbonat und Wasser. Der Teig wird mit dem Nudelholz zu dünnen Kreisen von ca. 20 cm Durchmesser ausgerollt und traditionell in einer Terrakotta-Pfanne gebacken. Die fertige Piadina wird zusammengeklappt und in vier Stücke geschnitten oder zusammengerollt. Man isst sie heiß zu Käse, Schinken, Wurst oder Salat oder auch gefüllt mit gedünstetem Gemüse.

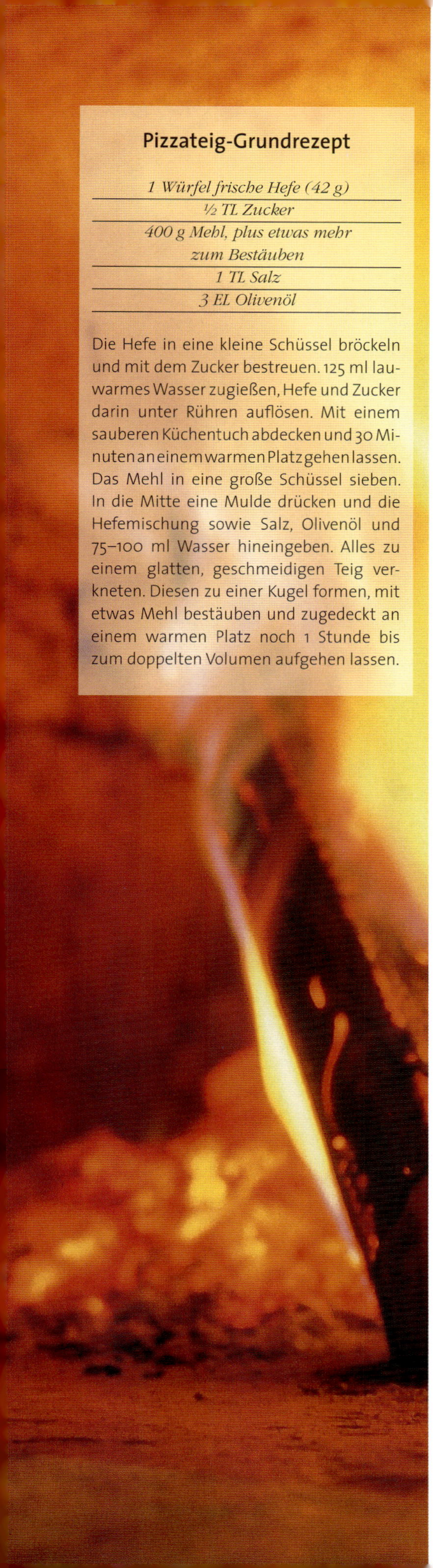

Pizzateig-Grundrezept

1 Würfel frische Hefe (42 g)
½ TL Zucker
400 g Mehl, plus etwas mehr zum Bestäuben
1 TL Salz
3 EL Olivenöl

Die Hefe in eine kleine Schüssel bröckeln und mit dem Zucker bestreuen. 125 ml lauwarmes Wasser zugießen, Hefe und Zucker darin unter Rühren auflösen. Mit einem sauberen Küchentuch abdecken und 30 Minuten an einem warmen Platz gehen lassen. Das Mehl in eine große Schüssel sieben. In die Mitte eine Mulde drücken und die Hefemischung sowie Salz, Olivenöl und 75–100 ml Wasser hineingeben. Alles zu einem glatten, geschmeidigen Teig verkneten. Diesen zu einer Kugel formen, mit etwas Mehl bestäuben und zugedeckt an einem warmen Platz noch 1 Stunde bis zum doppelten Volumen aufgehen lassen.

Pizzette

Pizzette
Kleine Pizzen

1 Würfel frische Hefe (42 g)
½ TL Zucker
400 g Mehl, plus etwas mehr zum Bestäuben
1 TL Salz
60 ml Olivenöl, plus etwas mehr zum Einfetten
500 g Tomaten
1 Radicchio
100 g Frühstücksspeck, in Streifen
50 g Pinienkerne

Die Hefe in eine kleine Schüssel bröckeln und mit dem Zucker bestreuen. 125 ml lauwarmes Wasser zugießen, Hefe und Zucker darin unter Rühren auflösen. Mit einem Küchentuch abdecken und 30 Minuten an einem warmen Platz gehen lassen. Das Mehl in eine große Schüssel sieben. In die Mitte eine Mulde drücken und die aufgelöste Hefe sowie Salz, 3 Esslöffel Olivenöl und 75–100 ml Wasser hineingeben. Alles zu einem glatten, geschmeidigen Teig verkneten. Diesen zu einer Kugel formen, mit etwas Mehl bestäuben und zugedeckt an einem warmen Platz etwa 1 Stunde bis zum doppelten Volumen aufgehen lassen.
Die Tomaten häuten, vierteln, entkernen und klein würfeln. Den Radicchio putzen und in mundgerechte Stücke zerteilen.
Den Backofen auf 200 °C vorheizen und 2 Backbleche mit Olivenöl einfetten. Den Teig in 12 gleich große Stücke teilen, diese zu Kugeln formen und flach drücken. Auf die Backbleche setzen, Tomaten und Speck darauf verteilen und mit dem restlichen Öl beträufeln. 15 Minuten backen, anschließend Radicchio und Pinienkerne darübergeben und die Pizzen weitere 5 Minuten backen.

Pizza di patate
Apulische Kartoffelpizza

750 g mehlig kochende Kartoffeln
Salz
3 EL Mehl
70 ml Olivenöl, plus etwas mehr zum Einfetten
400 g geschälte Tomaten aus der Dose
100 g schwarze Oliven
12 in Öl eingelegte Sardellenfilets
150 g Schafskäse, gewürfelt
1 Zwiebel, in Ringe geschnitten
2 Knoblauchzehen, fein gehackt
frisch gemahlener Pfeffer
½ TL Rosmarin
½ TL getrockneter Oregano

Die Kartoffeln in Salzwasser garen. Abgießen, abschrecken, schälen und noch warm durch die Kartoffelpresse drücken. 1 Teelöffel Salz, Mehl und 2 Esslöffel Olivenöl unterrühren und die Masse auskühlen lassen.
Eine flache Springform (28 cm Ø) mit Olivenöl einfetten. Den Backofen auf 220 °C vorheizen. Die Tomaten abtropfen lassen und klein schneiden. Den Kartoffelteig in die Form drücken, dabei den Rand hochziehen. Tomaten, Oliven, Sardellenfilets, Schafskäse, Zwiebel und Knoblauch auf dem Teig verteilen. Mit Pfeffer, Rosmarin und Oregano bestreuen und dann ca. 30 Minuten backen.

Die beliebtesten Pizzen

Pizza con gamberi
Pizza mit Garnelen

1 Pizzateig (siehe Grundrezept Seite 13)
750 g Tomaten
600 gekochte Garnelen, ausgelöst
4 EL Olivenöl, plus Öl zum Einfetten
Mehl zum Bestäuben
100 g schwarze Oliven
Salz und Pfeffer
2 TL Fenchelsamen
1 Bund Rucola

Die Tomaten häuten, vierteln, entkernen und klein würfeln. Die Garnelen waschen und gut abtropfen lassen.
Den Backofen auf 225 °C vorheizen und 4 runde Pizzableche mit Olivenöl einfetten.
Den Pizzateig in 4 gleich große Portionen teilen und auf einer bemehlten Arbeitsfläche zu Kreisen ausrollen. Die Pizzableche mit den Kreisen auslegen. Tomaten, Garnelen und Oliven darauf verteilen, mit Salz, Pfeffer und Fenchelsamen würzen und mit Olivenöl beträufeln. Etwa 20 Minuten backen.
Den Rucola waschen, verlesen und die groben Stiele entfernen. Die Rucolablätter kurz vor dem Servieren auf den Pizzen verteilen.

Pizza Margherita

- 1 Pizzateig (siehe Grundrezept Seite 13)
- 75 ml Olivenöl, plus etwas mehr zum Einfetten
- 2 kleine Zwiebeln, gewürfelt
- 400 g gehackte Tomaten aus der Dose
- 500 g passierte Tomaten aus der Dose
- 1 TL getrockneter Oregano
- Salz und Pfeffer
- Mehl zum Bestäuben
- 400 g Mozzarella
- Basilikumblätter zum Garnieren

4 Esslöffel Olivenöl erhitzen und die Zwiebeln darin glasig dünsten. Sämtliche Tomaten sowie Oregano dazugeben und mit Salz und Pfeffer würzen. Die Sauce etwa 30 Minuten bei mittlerer Hitze einkochen lassen.

Den Backofen auf 225 °C vorheizen und 4 runde Pizzableche mit Olivenöl einfetten.

Den Pizzateig in 4 gleich große Portionen teilen und auf einer bemehlten Arbeitsfläche zu Kreisen ausrollen. Die Pizzableche mit den Kreisen auslegen. Den Mozzarella in dünne Scheiben schneiden.

Den Teig mit der Tomatensauce bestreichen, mit dem Mozzarella belegen und mit dem restlichen Olivenöl beträufeln. Etwa 20 Minuten backen, anschließend mit Basilikum garnieren und sofort servieren.

Pizza alla marinara
Pizza auf Seemannsart

- 1 Pizzateig (siehe Grundrezept Seite 13)
- 3 EL Olivenöl, plus etwas mehr zum Einfetten
- Mehl zum Bestäuben
- 800 g gehackte Tomaten aus der Dose
- 3–4 Knoblauchzehen, fein gehackt
- 1 EL getrockneter Oregano
- Salz
- frisch gemahlener Pfeffer
- 50 g Kapern
- 100 g schwarze Oliven
- 200 g geriebener Bel Paese

Den Backofen auf 225 °C vorheizen und 4 runde Pizzableche mit Olivenöl einfetten.

Den Teig in 4 gleich große Portionen teilen und diese auf einer bemehlten Arbeitsfläche zu Kreisen ausrollen. Die Pizzableche mit den Kreisen auslegen.

Die Tomaten auf dem Teig verteilen und mit Knoblauch, Oregano, Salz und Pfeffer würzen. Mit Kapern und Oliven belegen und mit dem Käse bestreuen. Das Olivenöl darüberträufeln, dann die Pizzen ca. 20 Minuten backen.

Pizza quattro stagioni
Vier-Jahreszeiten-Pizza

- 1 Pizzateig (siehe Grundrezept Seite 13)
- 200 g Champignons
- 1 EL Butter
- 4 Tomaten
- 200 g gekochter Schinken
- 200 g Mozzarella
- 4 in Öl eingelegte Artischockenherzen
- 4 EL Olivenöl, plus etwas mehr zum Einfetten
- Mehl zum Bestäuben
- 16 schwarze Oliven
- Salz und Pfeffer
- 1 TL getrockneter Oregano

Die Champignons in Scheiben schneiden und 10 Minuten in der Butter braten. Die Tomaten häuten, vierteln, entkernen und klein würfeln. Den Schinken klein schneiden, den Mozzarella in dünne Scheiben schneiden. Die Artischockenherzen vierteln.

Den Backofen auf 225 °C vorheizen und 4 runde Pizzableche mit Olivenöl einfetten.

Den Pizzateig in 4 gleich große Portionen teilen und auf einer bemehlten Arbeitsfläche zu Kreisen ausrollen. Die Pizzableche mit den Kreisen auslegen. Tomaten und Mozzarella gleichmäßig darauf verteilen.

Je ein Viertel der Teigkreise mit Champignons, Schinken, Artischocken und Oliven belegen, dann mit Salz, Pfeffer und Oregano würzen und mit dem Olivenöl beträufeln. Etwa 20 Minuten backen.

Sardenaira
Zwiebelpizza

1 Pizzateig (siehe Grundrezept Seite 13)
500 g Gemüsezwiebeln
4 Knoblauchzehen
6 EL Olivenöl, plus etwas mehr zum Einfetten
2 EL fein gehackter frischer Oregano
Mehl zum Bestäuben
400 g gehackte Tomaten aus der Dose
Salz und Pfeffer
50 g in Salz eingelegte Sardellenfilets
100 g entsteinte schwarze Oliven, halbiert

Die Zwiebeln in sehr feine Ringe hobeln, den Knoblauch in dünne Scheiben schneiden. 4 Esslöffel Olivenöl in einer tiefen Pfanne erhitzen, Zwiebeln und Knoblauch darin glasig dünsten. Den Oregano unterrühren. Vom Herd nehmen und etwas abkühlen lassen.
Den Backofen auf 225 °C vorheizen und 4 runde Pizzableche mit Olivenöl einfetten.
Den Pizzateig in 4 gleich große Portionen teilen und diese auf einer mit Mehl bestäubten Arbeitsfläche zu Kreisen ausrollen. Die Pizzableche mit den Kreisen auslegen. Zwiebelmasse und Tomaten darauf verteilen, mit Salz und Pfeffer würzen.
Die Sardellenfilets unter kaltem Wasser abspülen. Sardellen und Oliven auf der Zwiebelmasse verteilen und mit dem Olivenöl beträufeln. Etwa 20 Minuten backen.

Sfinciuni
Sizilianische Pizza

1 Pizzateig (siehe Grundrezept Seite 13)
75 ml Olivenöl, plus etwas mehr zum Einfetten
1 kleine Zwiebel, fein gehackt
800 g gehackte Tomaten aus der Dose
Salz und Pfeffer
300 g in Salz eingelegte Sprotten
150 g Caciocavallo
Mehl zum Bestäuben
2 EL Semmelbrösel

2 Esslöffel Olivenöl erhitzen und die Zwiebel darin glasig dünsten. Die Tomaten zugeben, mit Salz und Pfeffer würzen und die Sauce etwa 20 Minuten eindicken lassen.
Die Sprotten unter kaltem Wasser abspülen und trocken tupfen. Die Köpfe entfernen und die Fische entgräten. Den Käse in kleine Würfel schneiden.
Den Backofen auf 175 °C vorheizen und eine Springform (26 cm Ø) mit Olivenöl einfetten.
Den Pizzateig auf einer bemehlten Arbeitsfläche ausrollen und die Springform damit auslegen, dabei am Rand etwa 5 cm hochziehen.
Die Hälfte der Tomatensauce darauf verstreichen, mit der Hälfte der Sprotten belegen und die Hälfte des Käses darauf verteilen. Anschließend 20 Minuten backen.
Die Pizza herausnehmen, restliche Tomatensauce, Käsewürfel und Sprotten daraufgeben, mit den Semmelbröseln bestreuen und mit dem restlichen Olivenöl beträufeln. Weitere 10 Minuten backen.

Pizza alla napoletana
Pizza aus Neapel

1 Pizzateig (siehe Grundrezept Seite 13)
750 g Tomaten
200 g Mozzarella
8 in Öl eingelegte Sardellenfilets
4 EL Olivenöl, plus etwas mehr zum Einfetten
Mehl zum Bestäuben
Salz und Pfeffer
2 TL getrockneter Oregano

Die Tomaten häuten, vierteln, entkernen und klein würfeln. Den Mozzarella in dünne Scheiben, die Sardellenfilets klein schneiden.
Den Backofen auf 225 °C vorheizen und 4 runde Pizzableche mit Olivenöl einfetten.
Den Pizzateig in 4 gleich große Portionen teilen und diese auf einer bemehlten Arbeitsfläche zu Kreisen ausrollen. Die Pizzableche mit den Kreisen auslegen. Tomaten, Mozzarella und Sardellen darauf verteilen, mit Salz, Pfeffer und Oregano würzen und mit Olivenöl beträufeln.
Die Pizzen etwa 20 Minuten backen.

Pizza con carciofi
Pizza mit Artischocken

1 Pizzateig (siehe Grundrezept Seite 13)
400 g Artischockenherzen, in Öl eingelegt
200 g Mozzarella
4 EL Olivenöl, plus etwas mehr zum Einfetten
Mehl zum Bestäuben
8 milde Peperoni, in Öl eingelegt
4 Knoblauchzehen, fein gehackt
2 EL fein gehackte Petersilie
Salz und Pfeffer

Die Artischockenherzen längs in Scheiben, den Mozarella in kleine Würfel schneiden.
Den Backofen auf 225 °C vorheizen und 4 runde Pizzableche mit Olivenöl einfetten.
Den Pizzateig in 4 gleich große Portionen teilen und diese auf einer bemehlten Arbeitsfläche zu Kreisen ausrollen. Die Pizzableche mit den Kreisen auslegen. Artischocken und Peperoni darauf verteilen. Mit dem Knoblauch und der Hälfte der Petersilie bestreuen, mit Salz und Pfeffer würzen und mit dem Olivenöl beträufeln. Den Mozzarella über die Pizzen verteilen und diese etwa 20 Minuten backen.
Vor dem Servieren mit der restlichen Petersilie bestreuen.

Pizza con carciofi

Brot

Senza il pane tutto diventa orfano – „Ohne Brot ist jede Speise nur eine halbe Sache", sagt ein italienisches Sprichwort. Ein Brotkorb oder zumindest ein Glas mit dünnen Grissini-Stangen gehört in Italien einfach auf jeden Tisch. Meist ist es Weißbrot, das, so scheint es zumindest für Fremde, praktisch rund um die Uhr in erheblichen Mengen gegessen wird. Der erste Schein trügt wie so oft. Italiener konsumieren nicht mehr Brot als Franzosen, Deutsche oder Spanier. Dennoch darf ein Stückchen Brot zu keiner Mahlzeit fehlen. Richtig ist jedoch, dass in Italien vor allem Weißbrot in allen nur denkbaren Formen und Größen gegessen wird. Wahrscheinlich, weil das weiße Brot früher den Besserverdienenden vorbehalten war, während sich die Armen mit den dunkleren Broten aus dem Mehl von Mais, Roggen und Kastanien begnügten. Heute ist es vielfach umgekehrt, obwohl der Weizen nach wie vor das wichtigste Getreide für die Brotherstellung ist.

Brot – in welcher Form auch immer – ist seit der Antike ein Grundnahrungsmittel in Italien. Schon bei den Römern war das Bäckerhandwerk ein bedeutender Wirtschaftszweig: 258 Bäckereien und eine Bäckerschule zählte man in Rom 100 Jahre v. Chr. Und die Cäsaren hatten früh erkannt, dass man das Volk mit Brot und Spielen – *panem et circenses* – zumindest für eine gewisse Zeit zufriedenstellen kann.

„Das Verhältnis von Brot zu Getränken sollte zwei zu eins sein, von Brot zu Eiern anderthalb zu eins, von Brot zu Fleisch drei zu eins und von Brot zu feuchtem Fisch, grünem Gemüse und Früchten vier zu eins." Diese Regel stellte im 15. Jahrhundert der Philosoph Marsilio Ficino in seiner Schrift *De longa vita* (Vom langen Leben) für den idealen Brotverzehr auf. Brot wurde in der Renaissance sowohl an den festlichen Tafeln der Medici zu jedem Gang gereicht als auch bei den eher bescheidenen Mahlzeiten in den Werkstätten von Leonardo da Vinci. Und Michelangelo soll sich, so wird überliefert, ausschließlich von Brot ernährt haben, wenn er arbeitete.

Eine der ältesten Brotsorten ist das *pane di padula*, das heute noch in der Provinz Salerno aus einer Mischung von Hartweizengrieß und Weichweizenmehl gebacken wird. In die runden Brotlaibe sind auf der Oberseite Quadrate eingeritzt; sie ähneln Broten, die auf Mosaiken in Pompeji abgebildet sind. Eine lange Tradition hat auch das typische Brot der Basilikata, *pane di matera*. Schon der römische Dichter Horaz pries den köstlichen Teig aus zweimal gemahlenem Hartweizengrieß und den betörenden Duft des im Holzofen gebackenen Brotes.

Brot ist in ganz Italien ein wichtiges Grundnahrungsmittel. Es wird zu jeder Mahlzeit gereicht. Vor allem Weißbrot wird in allen nur erdenklichen Formen und Größen angeboten. Jede Region hat ihre eigenen Rezepturen und Spezialitäten.

Brot in der Mythologie

Brot ist das Sinnbild des Lebens und nimmt nicht nur im Christentum eine zentrale Stellung ein. Bereits in der Antike war es ein Symbol für Fruchtbarkeit und wurde in religiösen Zeremonien den Göttern dargeboten. Korn symbolisierte die Fruchtbarkeit der Erde, und das auf heißen Steinen geröstete Brot galt als heilig. In den ersten Jahrhunderten des Christentums waren die Brotlaibe sehr groß und ringförmig. Erst vom 11. Jahrhundert an wurden die Laibe kleiner und rund. Mitte des 13. Jahrhunderts funktionierte man das eucharistische Brot in die Hostie um, die zunächst nur von Priestern aus feinstem Weizenmehl auf besonderen Rosten gebacken wurde.

Auch heute noch werden in Italien zu religiösen Festen besondere Brote gebacken. In der Basilikata bereitet man zu Mariä Empfängnis am 8. Dezember ein ringförmiges Schmalzbrot mit Fenchelsamen zu. In Kalabrien wird an Fronleichnam ein ringförmiges Brot aus Weichweizenmehl gebacken, das man sich während der Prozession über den Arm hängt. Und in vielen Regionen kommen an Ostern, am Fest des Heiligen Nikolaus (6. Dezember) und am Tag der Heiligen Lucia (13. Dezember) rituelle Brotspezialitäten auf den Tisch.

Nicht zuletzt wegen seiner großen symbolischen Bedeutung wird Brot in Italien kaum weggeworfen. Mit Brotrinden bindet man Suppen, Brotkrumen dienen zum Andicken von Saucen, und übrig gebliebenes hartes Brot wird für Suppen und Salate verwendet.

Regionale Brotsorten

Bei einer Reise durch Italien wird man schnell feststellen, dass jede Region ihre eigene Brotspezialität hat, die auch aus unterschiedlichen Zutaten hergestellt wird. In Italien gibt es über 200 Brotsorten, die sich – aufgrund der Vielfalt an Formen und lokalen Bezeichnungen – auf die stolze Zahl von 1500 unterschiedlichen Broten und Brötchen hochrechnen lassen.

Je nach Mehlsorte unterscheidet man zwischen normalem Weißbrot, Roggenbrot, Vollkornbrot und Spezialbroten aus Mehlmischungen. In den Abruzzen backt man heute noch das traditionelle *pane cappelli* aus Hartweizengrieß. Typisch für die Provinz Teramo ist das *parruozzo*, ein weiches Maisbrot, das mit gekochtem Gemüse gegessen wird. Und die sizilianische Provinz Messina ist die Heimat des *pane a birra*, das mit Bierhefe hergestellt, zu Zöpfen geflochten und mit Sesam bestreut wird.

Panino condito

Crocetta

Panino di soia

Pane siciliano

Panino classico

Rosetta

Pane sardo

Ciabatta

Coccia

Carta da musica

Ein ganz besonderes Brot ist auf der Insel Sardinien seit Jahrhunderten zu Hause: *pane carasau* oder auch *carta da musica* (Notenpapier) genannt, weil es so dünn wie Papier ist. Die hauchdünnen Fladen werden geröstet und getrocknet. Sie sind lange haltbar und dienten einst den Schäfern als Grundnahrungsmittel. Das Carasau wird über dem Feuer oder im Backofen aufgewärmt und mit einem Tropfen Olivenöl und Salz gegessen. Man weicht es auch in Milch ein, füllt es mit Käse oder Gemüse und rollt es zusammen. Eine besondere Spezialität ist die sardische Hirtensuppe, *zuppa dei pastori galluresi*, eine kräftige Lammsuppe mit frischem Gemüse. Die Zutaten werden lagenweise mit dem Brot in einen Topf geschichtet, mit Käse bestreut und im Backofen überbacken. Die Zubereitung ist sehr aufwendig, deshalb wird die Suppe nur an Festtagen serviert.

Frisella casareccia

Frustina

Michetta

Marsigliese

Frisella integrale

Tarallo sugna e pepe

Sfilatino

Miciarella

Pane napoletano

Panello canole

Brotbacken

Die Zutaten für ein gutes Brot sind über Jahrtausende die gleichen geblieben: Mehl, Wasser und Hefe, meist auch etwas Salz. Neben diesen klassischen Grundbestandteilen dürfen die rund 35 000 italienischen Bäcker ihre Brote noch mit vielerlei anderen natürlichen Zutaten anreichern. Erlaubt sind Butter, Olivenöl, Schweineschmalz, Milch, Traubenmost, Trauben, Rosinen, Feigen, Oliven, Nüsse, Mandeln, Rosmarin, Anis, Oregano, Kümmel, Sesam, Leinsamen, Malz, Saccherose oder Dextrose, Kürbis und Honig. So entstehen neben den klassischen Brotsorten auch die leckeren *panini dolci,* süße Brote mit Rosinen *(pane all'uvetta),* Mandelbrot *(pane con le mandorle)* und Nussbrot *(pane con le noci),* um nur einige zu nennen.

Pane casalingo alle olive
Hausgebackenes Olivenbrot

Zutaten für 3 kleine Brote:
500 g Mehl, plus etwas mehr zum Bestäuben
1 Päckchen Trockenhefe
1 TL Salz
1 Prise Zucker
300 ml lauwarmes Wasser
250 g Mangold, gehackt
100 g schwarze Oliven, entsteint und gehackt
2 EL Olivenöl, plus etwas mehr zum Einfetten

Mehl in eine Schüssel sieben, in die Mitte eine Mulde drücken. Hefe, Salz und Zucker hineingeben, das Wasser zufügen und alles zu einem glatten, geschmeidigen Teig verkneten. Zugedeckt etwa 1 Stunde bis zum doppelten Volumen aufgehen lassen.

Mangold und Oliven unter den Brotteig kneten und diesen dann in 3 Stücke teilen. Aus ihnen rechteckige gewölbte Brotlaibe formen und diese auf ein mit Olivenöl eingefettetes Backblech legen. Ein mit Mehl bestäubtes Küchentuch über die Brote legen und diese nochmals 1 Stunde gehen lassen.

Den Backofen auf 220 °C vorheizen. Die Brote gleichmäßig mit Olivenöl bestreichen und im Ofen 20–25 Minuten backen. Anschließend auf einem Kuchengitter gut auskühlen lassen.

Pane casalingo alle olive

Taralli
Brotkringel

1 Würfel frische Hefe (42 g)
1 Prise Zucker
500 g Mehl, plus etwas mehr zum Bestäuben
1 TL Salz
1 TL zerstoßene Fenchelsamen
120 g weiches Schweineschmalz
Olivenöl

Die Hefe in 250 ml lauwarmes Wasser bröckeln und mit dem Zucker darin auflösen. 4 Esslöffel Mehl einrühren und den Vorteig an einem warmen Platz abgedeckt 15 Minuten gehen lassen.

Das restliche Mehl in eine Schüssel sieben, in die Mitte eine Mulde drücken und den Vorteig hineingeben. Mit Salz, Fenchelsamen und Schmalz zu einem geschmeidigen Teig verkneten, diesen zu einer Kugel formen und abgedeckt an einem warmen Ort 1 Stunde bis zum doppelten Volumen aufgehen lassen.

Den Teig nochmals kräftig durchkneten, auf einer bemehlten Arbeitsfläche zu einer Rolle formen und diese in 10 Stücke schneiden. Jedes Teigstück zu einer dünnen Rolle und dann zu einem Kringel formen. Auf ein mit Backpapier ausgelegtes Backblech legen, mit etwas Öl bepinseln und mit einem Küchentuch abgedeckt ca. 1 Stunde gehen lassen. Den Backofen auf 160 °C vorheizen Die Brotkringel 50–60 Minuten backen und dann auf einem Kuchengitter vollständig abkühlen lassen.

Ausgangsprodukte für alle weißen Brote und Brötchen sind Weizenmehl, Hefe, Wasser und meistens auch Salz.

Zunächst wird aus einem Teil des Mehls, der zerbröckelten Hefe und lauwarmem Wasser ein Vorteig hergestellt.

Sobald der Vorteig aufgegangen ist, wird er mit dem restlichen Mehl und den übrigen Zutaten gründlich verknetet.

Zur Kugel geformt, ruht der Teig abgedeckt an einem warmen Ort, bis er zu doppeltem Volumen aufgegangen ist.

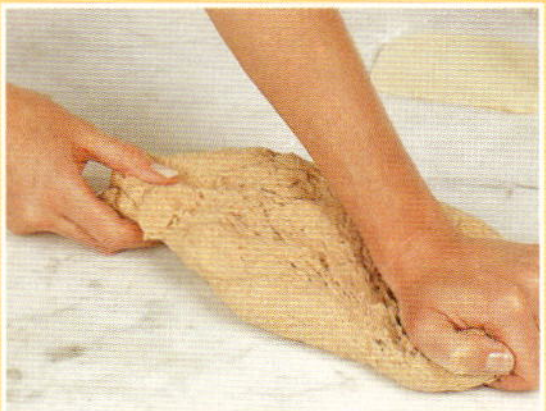

Anschließend wird der Teig nochmals kräftig mit der Hand einige Minuten durchgeknetet und gezogen.

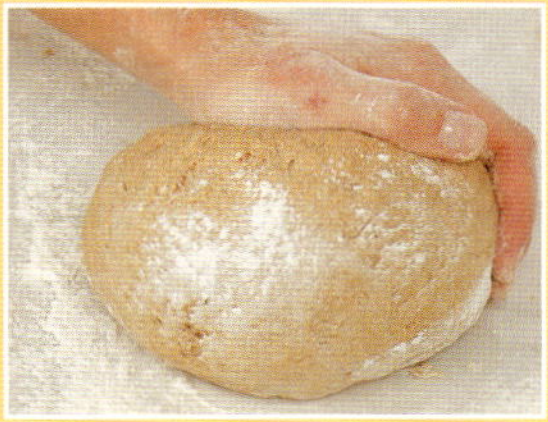

Zuletzt formt man aus dem fertigen Teig einen Brotlaib und lässt ihn vor dem Backen nochmals gehen.

Focaccia alla salvia

Focaccia

Die *focaccia* ist in Ligurien ein sehr beliebtes Fladenbrot. Perfekt gebacken, ist sie innen weich und außen knusprig. Früher wurde sie mit frischen Feigen als Hauptmahlzeit verzehrt. Heute ist sie fast rund um die Uhr präsent: als unverzichtbarer Bestandteil des Frühstücks, kleiner Zwischenimbiss oder als pikanter Happen zum Aperitif. Zahlreiche *panetterie* und *focaccerie* in Genua und im Umland bieten das köstliche Fladenbrot schon am frühen Morgen an. Und viele Einheimische essen das Brot im Gehen auf der Straße direkt aus der Tüte.

Das mittelalterliche Städtchen Recco in Ligurien gilt als die Geburtsstätte der Käse-Focaccia. Ein gewisser Manuelina Maggio soll vor langer Zeit dieses besondere Fladenbrot zum ersten Mal gebacken haben. Sein Rezept: ein einfacher Hefeteig mit Öl von der ligurischen Riviera, gefüllt mit dem weichen Käse dieser Region, dem *stracchino*.

Seit 1976 organisiert das gastronomische Konsortium von Recco Veranstaltungen rund um die *focaccia col formaggio*, die seit 1995 eine geschützte Handelsmarke ist. Am 4. Sonntag im Mai feiert Recco alljährlich das Fest der Focaccia, Sagra della focaccia. Dann verteilen die Bäcker den ganzen Tag über gratis ihre köstlichen Fladenbrote.

Focaccia alla salvia
Fladenbrot mit Salbei

1 Würfel frische Hefe (42 g)
1 Prise Zucker
400 g Mehl, plus etwas mehr zum Bestäuben
1 TL Salz
125 ml Olivenöl, plus etwas mehr zum Einfetten
12 frische Salbeiblätter, fein gehackt
2 EL grobes Meersalz

Die Hefe in 250 ml lauwarmes Wasser bröckeln und mit dem Zucker darin auflösen. 4 Esslöffel Mehl einrühren und den Vorteig an einem geschützten, warmen Platz abgedeckt 15 Minuten gehen lassen.
Das restliche Mehl in eine Schüssel sieben, in die Mitte eine Mulde drücken und den Vorteig hineingeben. Mit Salz und 3–4 Esslöffeln Olivenöl zu einem geschmeidigen Teig verkneten, zu einer Kugel formen und abgedeckt an einem warmen Ort 1 Stunde bis zum doppelten Volumen aufgehen lassen.
Ein Backblech mit Olivenöl einfetten und den Backofen auf 250 °C vorheizen.
Den Teig nochmals kräftig durchkneten, dabei die Salbeiblätter einarbeiten. Den Teig auf einer bemehlten Arbeitsfläche etwa 2 cm dick ausrollen, auf das Backblech legen und mit den Fingern leicht eindrücken, sodass sich darin viele kleine Dellen bilden. Mit dem restlichen Olivenöl bestreichen, mit dem Meersalz bestreuen und 20–25 Minuten backen. Anschließend in Quadrate schneiden.

Focaccia con cipolle
Fladenbrot mit Zwiebeln

1 Würfel frische Hefe (42 g)
1 Prise Zucker
400 g Mehl, plus etwas mehr zum Bestäuben
1 TL Salz
125 ml Olivenöl, plus Öl zum Einfetten
2 Zwiebeln, in dünne Ringe geschnitten
100 g schwarze Oliven, entsteint
2–3 Knoblauchzehen, fein gehackt
1 EL grobes Meersalz
2 TL grob zerstoßene Pfefferkörner

Die Hefe in 250 ml lauwarmes Wasser bröckeln und mit dem Zucker darin auflösen. 4 Esslöffel Mehl einrühren und den Vorteig an einem geschützten, warmen Platz abgedeckt 15 Minuten gehen lassen.
Das restliche Mehl in eine Schüssel sieben, in die Mitte eine Mulde drücken und den Vorteig hineingeben. Mit dem Salz und 3–4 Esslöffeln Olivenöl zu einem geschmeidigen Teig verkneten, zu einer Kugel formen und abgedeckt an einem warmen Ort 1 Stunde bis zum doppelten Volumen aufgehen lassen.
Den Backofen auf 250 °C vorheizen. Den Teig nochmals kräftig durchkneten. Ein Backblech mit Olivenöl einfetten. Den Teig auf einer bemehlten Arbeitsfläche etwa 2 cm dick ausrollen, auf das Backblech legen und mehrmals mit einer Gabel einstechen. Mit Zwiebeln und Oliven belegen und mit Knoblauch bestreuen. Das restliche Olivenöl darüberträufeln, mit Meersalz und Pfeffer würzen und dann etwa 20 Minuten backen.

Für den Focaccia-Teig zunächst die Hefe in lauwarmes Wasser bröckeln und mit ein wenig Zucker darin auflösen.

Etwas Mehl einrühren und dann den Vorteig abgedeckt an einem warmen, zugfreien Platz gehen lassen.

Anschließend den Vorteig mit den übrigen Zutaten per Hand oder mit der Küchenmaschine verkneten.

Den Teig in eine Schüssel geben, abdecken und zu doppeltem Volumen aufgehen lassen.

Dann den Teig auf der bemehlten Arbeitsfläche etwa 2 cm dick zu einem Oval ausrollen.

Auf ein gefettetes Backblech legen und mit Zwiebelringen und Oliven belegen.

Grissini

1 Würfel Hefe (42 g)
1 Prise Zucker
400 g Mehl, plus etwas mehr zum Bestäuben
1 TL Salz
3 EL Olivenöl

Die Hefe in 250 ml lauwarmes Wasser bröckeln und mit dem Zucker darin auflösen. 4 Esslöffel Mehl einrühren und den Vorteig an einem warmen Platz abgedeckt 15 Minuten gehen lassen.
Das restliche Mehl in eine Schüssel sieben, in die Mitte eine Mulde drücken und den Vorteig hineingeben. Mit Salz und Olivenöl zu einem geschmeidigen Teig verkneten, zu einer Kugel formen und abgedeckt 1 Stunde bis zum doppelten Volumen aufgehen lassen.
2 Backbleche mit Backpapier auslegen und den Backofen auf 200 °C vorheizen.
Den Teig nochmals kräftig durchkneten. Dann in 30 etwa gleich große Portionen teilen und jedes Teigstück auf einer bemehlten Arbeitsfläche zu einer dünnen, ca. 30 cm langen Stange ausrollen. Die Teigstangen nebeneinander auf die Backbleche legen und im Backofen in etwa 15 Minuten goldbraun backen. Nach der Hälfte der Backzeit die Grissini mit Wasser bepinseln. Die fertigen Gebäckstangen auf den Blechen auskühlen lassen.

Crostini, Bruschetta und Fettunta

Crostini, so behaupten zumindest die Florentiner, seien eine typisch florentinische Vorspeise, die es in unzähligen Variationen gibt. Doch auch in Süditalien sind sie sehr beliebt. Jede Hausfrau, jede Trattoria und jedes Restaurant hat für den Belag der gerösteten Weißbrotscheiben ein eigenes Hausrezept, das sich in der Zusammenstellung der Zutaten und der beigefügten Kräuter ein wenig von den anderen unterscheidet.

Auf jeden Fall ist dies eine unbestrittene Tatsache: Crostini sind einfach gut. Den klassischen Belag in der Toskana bildet eine Hühner- oder Wildlebercreme, in Kampanien sind es saftig-reife Tomaten, in Apulien bevorzugt man Oliven- und Artischockenpasten und im Piemont eine feine Trüffelcreme. Doch der Fantasie der Köche sind kaum Grenzen gesetzt. Als Unterlage ist auch längst nicht mehr das toskanische Landbrot zwingend. Heute wird auch Baguette, Focaccia, Mais- oder Roggenbrot dafür verwendet.

Die traditionelle toskanische Küche ist eine Landküche. Typische Produkte dieser Region sind seit jeher das Olivenöl und das ungesalzene Weißbrot. Es gibt viele Erklärungsversuche, warum bis heute beim Brotbacken auf Salz verzichtet wird. Gastronomiehistoriker meinen, schuld daran seien die Vorliebe der Toskaner für stark gewürzte Schinken und Salami sowie der intensive Geschmack der Speisen. Brot soll hier nur dazu dienen, die Güte des leicht scharfen Olivenöls und den besonderen Geschmack der berühmten Hühnerlebercreme sowie der aromatischen Pasten hervorzuheben, anstatt ihn zu überdecken.

Wenn im Spätherbst die Zeit des Olivenpressens beginnt, finden in vielen kleinen Ortschaften fröhliche Feste zur Verkostung des neuen Öls statt. Wenn es frisch aus der Ölpresse kommt, hat es ein schärferes Aroma, das sich auf geröstetem Brot am besten entfaltet. Bereits in der Antike ließ der römische Senat an wichtigen Festtagen im Dezember und Januar mit Öl getränkte Brotfladen an die Bevölkerung verteilen. Noch heute schmeckt die Bruschetta oder *fettunta*, wie sie in der Toskana auch genannt wird, in dieser Zeit am besten.

Crostini con erbe e pomodori
Geröstete Brotschnitten mit Kräutern und Tomaten

6 Eiertomaten
1 kleiner Bund Basilikum
2 Knoblauchzehen, fein gehackt
3 EL Olivenöl
Salz
frisch gemahlener Pfeffer
1 EL fein gehackte Petersilie
½ TL fein gehackter Oregano
12 kleine Scheiben toskanisches Weißbrot (alternativ Ciabatta)

Die Tomaten häuten, vierteln, entkernen und in kleine Würfel schneiden. Das Basilikum waschen, trocken schütteln und die Blätter in feine Streifen schneiden. Die Tomaten mit Knoblauch, Öl, Salz, Pfeffer und den Kräutern vermengen und kurz ziehen lassen.
Die Brotscheiben auf dem Holzkohlengrill oder im Backofen von beiden Seiten goldbraun rösten. Mit der Tomatenmischung belegen.

Bruschetta
Geröstetes Brot mit Knoblauch und Öl

4 Scheiben toskanisches Landbrot
2 Knoblauchzehen
4 EL Olivenöl
Salz
frisch gemahlener Pfeffer

Die Brotscheiben auf dem Holzkohlengrill oder im Backofen auf beiden Seiten goldbraun und knusprig rösten.
Den Knoblauch halbieren. Jede Brotscheibe mit einer Knoblauchhälfte einreiben und mit 1 Esslöffel Olivenöl beträufeln. Nach Geschmack mit Salz und Pfeffer würzen.

Crostini gibt es bei den italienischen Antipasti in zahllosen Variationen (rechts).

Das salzlose toskanische Landbrot wird bis heute ausschließlich aus Mehl und Wasser zubereitet und auf Holz gebacken.

Crostini neri
Geröstete Brotschnitten mit Olivenpaste

200 g schwarze Oliven, entsteint
3 in Öl eingelegte Sardellenfilets
1 EL Kapern
3–4 EL Olivenöl
Salz
Cayennepfeffer
12 kleine Scheiben toskanisches Weißbrot (alternativ Ciabatta)
12 Basilikumblätter

Oliven und Sardellenfilets grob hacken. Dann zusammen mit den Kapern pürieren und so viel Olivenöl dazugeben, bis eine dicke Paste entsteht. Mit Salz und Cayennepfeffer würzig abschmecken.

Die Brotscheiben auf dem Holzkohlengrill oder im Backofen von beiden Seiten goldbraun rösten. Mit der Olivenpaste bestreichen und jeweils mit 1 Basilikumblatt garnieren.

Crostini al pomodoro
Geröstete Brotschnitten mit Tomaten

12 kleine Scheiben toskanisches Weißbrot (Ciabatta)
2 Knoblauchzehen
2–3 EL Olivenöl
4 kleine Fleischtomaten, in Scheiben geschnitten
Salz
frisch gemahlener Pfeffer
50 g Parmesan am Stück
einige Basilikumblätter

Die Brotscheiben auf dem Holzkohlengrill oder im Backofen von beiden Seiten goldbraun und knusprig rösten.

Den Knoblauch schälen und halbieren. Das Brot mit dem Knoblauch einreiben und mit dem Olivenöl beträufeln. Mit den Tomatenscheiben belegen, salzen, pfeffern und den Parmesan in dünnen Spänen darüberhobeln.

Das Basilikum in feine Streifen schneiden und die Brotschnitten damit garnieren.

Crostini alla toscana
Geröstete Brotschnitten mit Geflügellebercreme

200 g Geflügelleber
1 Schalotte, fein gehackt
2 EL Olivenöl
100 ml Vin santo (süßer Weißwein)
1 EL fein gehackter Thymian
Salz
frisch gemahlener Pfeffer
12 kleine Scheiben toskanisches Weißbrot (alternativ Ciabatta)

Die Geflügelleber waschen, trocken tupfen und von der Haut befreien, dann klein schneiden.

Die Schalotte im heißen Olivenöl glasig dünsten, die Leber zugeben und unter Wenden anbraten. Mit dem Wein ablöschen, den Thymian zufügen und so lange schmoren, bis der Wein fast verdampft ist. Vom Herd nehmen, etwas abkühlen lassen und pürieren. Geflügellebercreme mit Salz und Pfeffer abschmecken.

Die Brotscheiben auf dem Holzkohlengrill oder im Backofen von beiden Seiten goldbraun rösten. Leicht abkühlen lassen, dann mit der Lebercreme bestreichen und sofort servieren.

PASTA

Pasta

Bis heute ist nicht klar, wer nun eigentlich die Nudel erfunden hat. Wahrscheinlich ist, dass alle Völker, die die Kunst des Brotbackens beherrschten, aus Mehl und Wasser auch nudelähnliche Speisen zubereiteten. Doch in keinem anderen Land hat *pasta* (wörtlich übersetzt: Teig) eine solche Bedeutung wie in Italien. Durchschnittlich lässt sich jeder Italiener laut Statistik 27 Kilogramm Pasta pro Jahr munden. Keinem anderen Lebensmittel schenken die Italiener so viel Aufmerksamkeit und Zeit, kein anderes Produkt ist auf der ganzen Welt ein besserer kulinarischer Repräsentant des Landes. Pasta vereint alle italienischen Küchentugenden in sich: hergestellt aus einfachen, aber sehr guten Zutaten und gekocht mit Hingabe, Einfallsreichtum und Liebe.

Die ersten Hinweise auf die Zubereitung von Pasta fanden Archäologen in etruskischen Hügelgräbern aus dem 4. Jahrhundert v. Chr.: Geräte zur Nudelherstellung und Abbildungen von Mehlsack, Nudelbrett, Teigzange, Nudelholz und Teigrädchen auf Reliefs der steinernen Grabpfeiler. Viele glauben, dass hier die Wiege der Pasta stand.

Einen wesentlichen Beitrag zur Weiterentwicklung der Pasta leisteten mehr als 1000 Jahre später die Araber, als sie das Trocknen frischer Nudeln und die Herstellung röhrenförmiger Nudeln „erfanden". Sie brachten diese Küchentechnik mit nach Sizilien, als sie im 9. Jahrhundert die Insel eroberten. Daneben führten sie auch ihre hoch entwickelten neuen Bewässerungformen ein. So erblühte auf den einst trockenen Böden Siziliens der Getreideanbau in großem Stil.

Die ersten erhalten gebliebenen Pastarezepte stammen aus der Renaissance. Im 15. Jahrhundert beschreibt Maestro Martino da Como, der berühmte Leibkoch des Patriarchen von Aquileia, in seinem *Libro de Arte Coquinaria* (Das Buch von der Kochkunst) mehrere Arten, Pasta herzustellen. Das Kochbuch ist nicht im bis dahin üblichen Latein verfasst, sondern in italienischer Alltagssprache und enthält unter anderem ein Rezept für „Nudeln aus feinstem Mehl, Eiweiß und Rosenwasser", die dünn wie Strohhalme sind, mit den Händen gerollt und anschließend in der Sonne getrocknet werden. Ein weiteres Rezept beschreibt die Herstellung *con siciliani*, für die der Teig so um einen kleinen Metallstab gewickelt wird, dass die Nudeln innen hohl bleiben.

Pasta war zu dieser Zeit noch kein Grundnahrungsmittel, sondern eine luxuriöse Speise der Reichen. Teigwaren kosteten dreimal so viel wie Brot und wurden entsprechend privilegiert zubereitet: Verfeinert wurden sie mit Zucker und Gewürzen (ebenfalls teuren Importwaren) und nach Rezepten, die heute ein wenig gewöhnungsbedürftig klingen.

Noch vor 100 Jahren wurden in Neapel die Nudeln in langen Strängen auf Holzstangen im Freien zum Trocknen aufgehängt.

Die Tomate, heute für viele untrennbar mit der Pasta verbunden, war zu dieser Zeit in Europa noch unbekannt.

Doch der Siegeszug der Pasta war nicht aufzuhalten. Im 18. Jahrhundert schickte sie sich an, die Klassenschranken zu überwinden. Neapel wurde das Zentrum der Pastabewegung. In der Provinz Kampanien gedieh nicht nur der Hartweizen optimal, auch das Klima, geprägt von der Sonne, den sanften Seebrisen rund um Neapel und den heißen Winden vom Vesuv, eignete sich bestens für die Produktion von getrockneten Nudeln. Hier konnte die Pasta so langsam trocknen, dass sie nicht spröde wurde, und dennoch schnell genug, um nicht zu schimmeln. Ende des 18. Jahrhunderts säumten Hunderte Pastageschäfte die Straßen Neapels. Die Pasta wurde an offenen Ständen über Holzkohlenfeuer gegart und an Ort und Stelle mit den Fingern verzehrt.

Und dann kam die Politik: Der große italienische Freiheitskämpfer Giuseppe Garibaldi, der Italien von der Fremdherrschaft befreien wollte, soll in den Kampf um Neapel mit dem Schlachtruf gezogen sein: „Italien wird durch die Makkaroni geeint werden, das schwöre ich euch."

Mit solchen Maschinen (links) wurde Anfang des 20. Jahrhunderts der Pastateig zu langen Spaghetti- oder Makkaronisträngen gepresst und von Hand geschnitten.

Nudeln wurden früher an Straßenständen gekocht und gleich an Ort und Stelle im Stehen mit den Fingern gegessen (unten).

Pastaproduktion

Pasta wird aus gemahlenem Hartweizen und Wasser hergestellt – je nach Region können noch Eier hinzukommen. Die Basis ist Grieß, ein Mahlprodukt mit einer etwas gröberen Körnung als Mehl. Die Produktion einer guten Nudel beginnt mit der Auswahl der richtigen Hartweizensorte. Unter Kennern gilt der Capelli-Hartweizen als der beste. Diese Sorte stammt aus den 1920er-Jahren und gilt als Urahn vieler heutiger Hartweizensorten.

Neben den großen und weltweit bekannten Pastaproduzenten gibt es in Italien noch eine Reihe handwerklich arbeitender kleiner pastifici (Pastahersteller) wie die Firmen Lucchese und Latini, die sich der Fertigung der Pasta nach alten, traditionellen Methoden verschrieben haben. Bei dieser Pasta steht das kräftige Getreidearoma im Vordergrund.

Die Weizenkörner werden in Walzen von ihren äußeren Schichten getrennt. Einige Produzenten vermahlen nur das Innerste des Korns zu einem grobkörnigen Grieß, andere das ganze Korn samt Keimling. Dieser Grieß wird mit kaltem Wasser verknetet. Die Teigaufbereitung vollzieht sich langsam und schonend, damit das Gluten im Grieß ausreichend Zeit hat, sich zu entwickeln und der Pasta später ihre feste Konsistenz zu verleihen. Während die Hausfrau den Nudelteig immer wieder knetet, flach drückt, schlägt und wieder drückt, bis er glatt und elastisch ist, wird dem Nudelteig in der Fabrik die eingemischte Luft in einer Vakuumkammer entzogen, um ihn geschmeidig zu machen

In der Fabrik kommt der Teig nun in eine Presse und wird mit hohem Druck durch Düsen oder Schablonen zu den verschiedenen Nudelformen gepresst oder glatt gewalzt und in Bänder unterschiedlicher Dicke geschnitten. Das Ausformen der Nudeln geschieht in handwerklichen Betrieben in Bronzeformen. Bronze hat eine raue Oberfläche und gibt diese Struktur an die Nudel weiter. In den großen Fabriken verwendet man teflonbeschichtete Formen, aus denen Nudeln mit einer sehr glatten Oberfläche hervorgehen. Diese Nudeln nehmen die Sauce längst nicht so gut auf wie die handwerklich gefertigten, leicht porösen Nudeln.

Am Ende steht die Trocknung, in deren Verlauf der Nudel gleichmäßig von innen nach außen die Feuchtigkeit entzogen wird. Geschieht das zu schnell, wird die Nudel spröde und verliert nicht nur einen Teil ihrer Nährwerte und ihres Geschmacks, sondern auch später beim Kochen ihr appetitliches Aussehen. Die schonendste Trocknung findet je nach Pastasorte bei 35–50 °C statt und dauert 12–48 Stunden.

In Italien gibt es mehr als 600 verschiedene Nudelarten, -sorten und -formen. Immer wieder kommen fantasievolle Neuschöpfungen auf den Markt.

In alten Granitmühlen werden Hartweizenkörner zu grobem Mehl vermahlen, der Grundlage einer guten, handwerklich hergestellten Pasta (rechts).

In der Fabrik wird der Nudelteig zu großen dünnen Platten ausgewalzt, die dann anschließend zu Bandnudeln geschnitten werden.

Hartweizen

Pasta wird aus Hartweizengrieß hergestellt, der durch gröberes Vermahlen von Hartweizen (Durumweizen) entsteht. Der goldgelbe Hartweizen hat einen höheren Kleberanteil und eine andere Struktur als Weichweizen. Dadurch wird der Nudelteig elastisch und gut formbar, hat aber dennoch eine feste Konsistenz, die dafür sorgt, dass die Nudeln beim Kochen ihre Form behalten.

Bereits 1574 verfügte die Zunft der Pastahersteller in Genua in ihrem Statut, dass für ihre Pasta ausschließlich Hartweizen, *semola*, plus Wasser zu verwenden sei. Laut italienischem Lebensmittelgesetz muss Original-Pasta auch heute noch aus Hartweizengrieß hergestellt werden. Auf der Verpackung steht dann *pasta di semola di grano duro*.

Nachdem ausländische Konkurrenten Eiernudeln mit italienischen Namen und Formen erfolgreich auf dem Markt etablierten, begannen auch die Italiener, *pasta all'uovo*, Eiernudeln, zu produzieren. Sie werden – frisch oder getrocknet – vor allem als gefüllte Pasta oder in Form von Bandnudeln angeboten.

Weizenkörner

Weizenmehl

Pasta mit Tradition

In Italien gibt es heute noch eine Reihe von Pastifici, Pastaproduzenten, deren Nudeln auf traditionelle, handwerkliche Art aus hochwertigem Hartweizen und frischem Quellwasser hergestellt, auf alten Maschinen in Bronzeformen gezogen und bei niedriger Temperatur bis zu 50 Stunden schonend getrocknet werden. Zu diesen Produzenten gehören Cavalier Giuseppe Cocco aus den Abruzzen, Leonardo Saltarelli (Perugia), die Familie Martelli aus Lari bei Pisa, die Pastificio Fabbri aus Strada im Chianti, Pasta Lucchese (Toskana), La Fabbrica della Pasta Gragnano in der Nähe von Neapel und die Familie Latini (Marken), die zudem den Hartweizen für ihre Pasta, die alte Getreidesorte Senatore Capelli, selbst anbaut.

Der große Pastahersteller De Cecco begann vor über 120 Jahren mit einer Steinmühle in Fara San Martino, wo De Cecco „das beste Mehl der Umgebung" herstellte. Daneben entstand eine Nudelfabrik, in der erstmals Pasta in einer Niedrigtemperaturanlage getrocknet wurde und nicht mehr in der Sonne. So bleibt die Struktur der Stärke erhalten, und die flüchtigen Duftstoffe können nicht mehr entweichen.

Hausgemachte Nudeln

Für italienische Hausfrauen ist es selbstverständlich, mit frischen Zutaten zu kochen. Und natürlich wird auch heute noch *pasta fresca* (frische Nudeln) häufig zu Hause hergestellt. Generell unterscheidet man zwischen *pasta liscia* (glatte und flache Teigwaren wie Bandnudeln) und *pasta ripiena* (gefüllte Nudeln). Die goldgelben Bandnudeln hat angeblich 1503 ein Koch aus Bologna erfunden, den die blonden Locken der Lucrezia Borgia dazu inspiriert hatten.

Ähnlich wie bei der Verwendung von Butter oder Olivenöl in der Küche verläuft auch beim Nudelteig eine Grenze durch das Land. In der Emilia-Romagna wird der Nudelteig traditionell mit sehr vielen Eiern und Mehl, aber ganz ohne Wasser und Salz zubereitet. Im Piemont rechnet die Köchin sogar auf 1 kg feines Weizenmehl 8 frische Eier oder 3 ganze Eier und 9 Eigelb. Hier und da findet man ähnliche Rezepte auch in den Abruzzen, den Marken, Latium, Umbrien und der Toskana. In Ligurien und Venetien dagegen enthält der Teig weniger Eier, dafür wird dort mehr Mehl oder manchmal auch Olivenöl hinzugefügt. Im Süden schließlich gehören in den klassischen Pastateig nur Hartweizengrieß und Wasser.

Pasta fatta in casa (pasta fresca)
Hausgemachte Nudeln (frische Nudeln)

400 g Mehl, plus etwas mehr zum Bestäuben
Salz
1 Ei
2 EL Olivenöl

Das Mehl auf die Arbeitsfläche sieben und in die Mitte eine Mulde drücken. 1 Prise Salz, 8 Esslöffel Wasser, Ei und Olivenöl verrühren und in die Mulde geben. Alles miteinander verrühren, bis ein glatter, geschmeidiger Teig entstanden ist. Zu einer Kugel formen und 40 Minuten unter einem feuchten Tuch ruhen lassen.

Den Teig in kleine Portionen teilen und nach Herstelleranweisung mit der Nudelmaschine bis zur gewünschten Stärke ausrollen.

Die Teigbahnen mit dem entsprechenden Vorsatz in die gewünschte Breite schneiden. Die Nudeln mit einer Gabel zu lockeren Nestern aufrollen und auf einem Brett oder Backblech etwas antrocknen lassen.

Für einen Eiernudelteig siebt man zunächst das Mehl auf eine Arbeitsfläche, drückt eine Mulde in die Mitte und gibt Eier, Salz, Wasser und Olivenöl hinein.

Einen Teil des Mehls vom Rand her mit einem Kochlöffel einrühren, dann alle Zutaten mit den Händen zu einem glatten, geschmeidigen Teig verkneten.

Den Teig 40 Minuten unter einem feuchten Tuch ruhen lassen. Dann mit einem Nudelholz möglichst dünn zu einer rechteckigen Teigplatte ausrollen.

Pasta rossa
Roter Nudelteig

400 g Mehl, plus etwas mehr zum Bestäuben
Salz
3 EL Tomatenmark
1 EL Öl
3 Eier

Das Mehl auf die Arbeitsfläche sieben, in die Mitte eine Mulde drücken. 1 Prise Salz und das Tomatenmark mit 1 Esslöffel Wasser sowie dem Olivenöl verrühren und in die Mulde geben. Die Eier zufügen und alles 10 Minuten lang zu einem glatten, geschmeidigen Teig verkneten. Eventuell noch 1–2 Esslöffel Wasser hinzufügen. Den Teig zu einer Kugel formen und 40 Minuten unter einem feuchten Tuch ruhen lassen.

Pasta verde
Grüner Nudelteig

200 g Blattspinat, Tiefkühlware aufgetaut
Salz
400 g Mehl, plus etwas mehr zum Bestäuben
3 Eier
1 EL Olivenöl

Den Blattspinat gut ausdrücken, mit 1 Prise Salz fein pürieren und in einer beschichteten Pfanne dünsten und eindicken lassen. Vom Herd nehmen und abkühlen lassen.

Das Mehl auf die Arbeitsfläche sieben, in die Mitte eine Mulde drücken. Eier, Öl und Spinatpüree in die Mulde geben und alles zu einem glatten, geschmeidigen Teig verkneten. Eventuell 1–2 Esslöffel Wasser hinzufügen. Den Teig zu einer Kugel formen und 40 Minuten unter einem feuchten Tuch ruhen lassen.

Pasta nera
Schwarzer Nudelteig

400 g Mehl, plus etwas mehr zum Bestäuben
1 Prise Salz
8 g Tintenfischtinte
1 EL Öl
3 Eier

Das Mehl auf die Arbeitsfläche sieben, in die Mitte eine Mulde drücken. Salz und Tintenfischtinte mit 1 Esslöffel Wasser sowie dem Olivenöl verrühren und in die Mulde geben. Die Eier zufügen und alles zu einem glatten, geschmeidigen Teig verkneten. Eventuell noch 1–2 Esslöffel Wasser hinzufügen. Den Teig zu einer Kugel formen und 40 Minuten unter einem feuchten Tuch ruhen lassen.

Für Bandnudeln die Teigplatte mit Mehl bestäuben und längs locker aufrollen. Mit einem großen scharfen Messer dünne Streifen abschneiden.

Die Nudelstränge zunächst entrollen, dann mit einer Gabel zu kleinen lockeren Nestern aufrollen und nebeneinander auf ein leicht bemehltes Brett legen.

Vor dem Kochen etwas antrocknen lassen. Je länger die Nudeln getrocknet werden, desto länger ist ihre Garzeit. Ganz trocken sind sie Wochen haltbar.

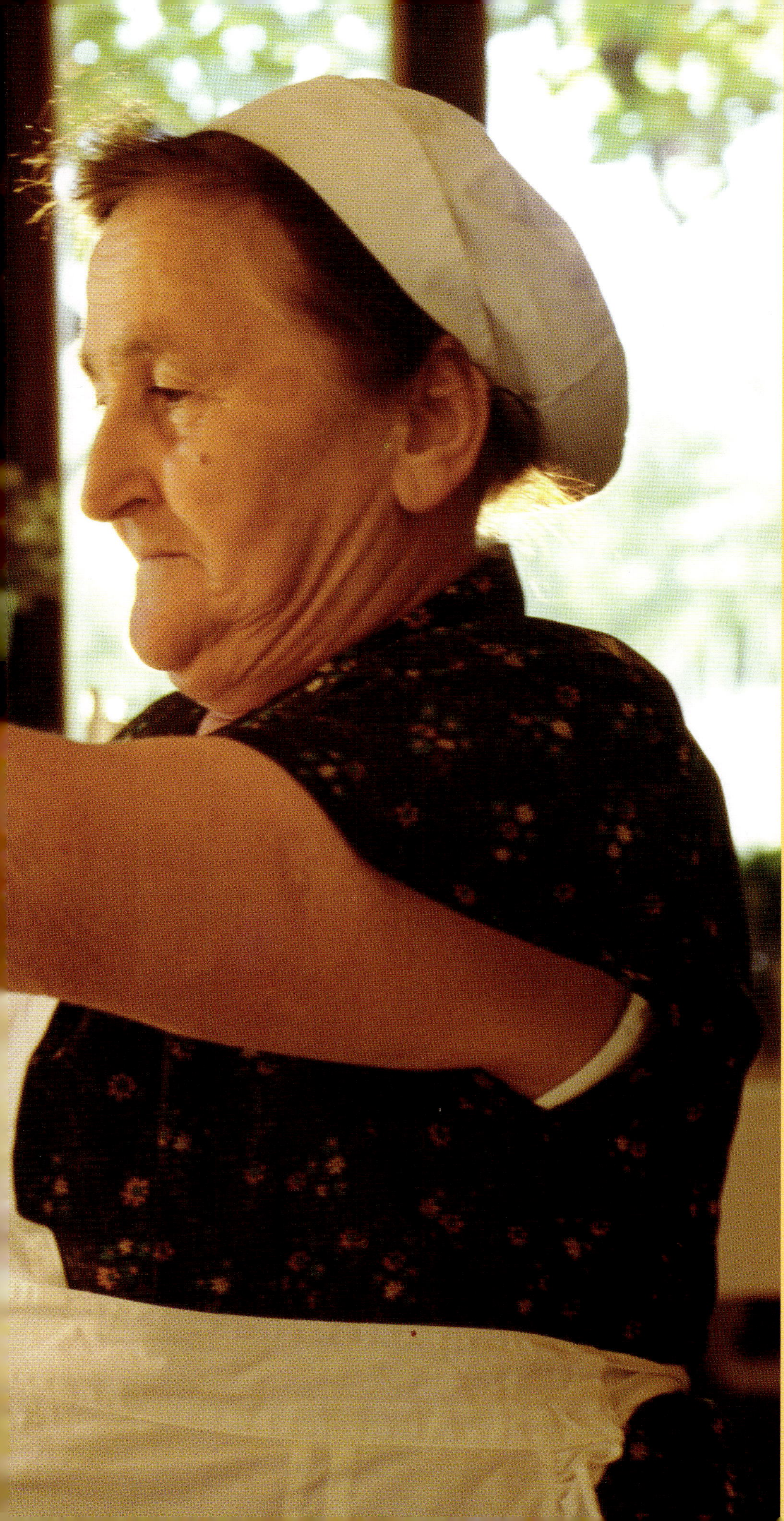

Pasta al dente

Pasta richtig zu kochen ist ein Kinderspiel, wenn man nur einige Grundregeln beachtet. Die wichtigste: Die Nudeln müssen nach dem Abgießen sofort angerichtet und serviert werden. In Italien fragt man deshalb Gäste, die zum Essen kommen: *Si butta?* (zu Tisch?), was in etwa heißt: Soll ich die Nudeln aufsetzen?

Der Pastatopf sollte groß und möglichst breit sein, damit sich die Hitze gleichmäßig darin verteilen kann. In der Regel rechnet man 1 Liter Wasser und 10 Gramm Salz (am besten Meersalz) pro 100 Gramm Nudeln. Wenn das Wasser kocht, wird zuerst das Salz, dann die Nudeln hineingegeben. Nun kurz umrühren, damit die Nudeln nicht zusammenkleben, und die Pasta in der auf der Verpackung angegeben Kochzeit garen, dabei gelegentlich rühren. Kurz vor Ende der Garzeit sollte man eine Garprobe machen: Einfach eine Nudel aus dem Topf nehmen und mit einer Gabel zerteilen. Sieht man im Innern einen weißen Kreis oder ein weißes Pünktchen, müssen die Nudeln noch etwas kochen. Haben die Nudeln eine gleichmäßige Farbe, sind sie fertig, und zwar *al dente*. Wörtlich übersetzt bedeutet dieser Begriff „für den Zahn", womit gemeint ist, dass die Nudeln noch Biss haben und nicht zu weich oder gar matschig sind. Jetzt kann man die Nudeln abgießen, mit der Sauce vermengen und auftragen. Mehr ist hinter dem ganzen Geheimnis einer perfekt gekochten Pasta nicht verborgen.

Perfekt gekochte Spaghetti müssen in Italien al dente *sein, wörtlich übersetzt „für den Zahn" – also weich mit einem kleinen bissfesten Kern.*

Pasta und Sauce

Die perfekte Kombination von Pasta und Sauce – der *sugo* – ist eine kleine Wissenschaft für sich. Doch erst mit der richtigen Sauce kann eine Pasta ihren vollen Geschmack entfalten.

Natürlich ist die Wahl der Sauce auch von eigenen Vorlieben abhängig. Dennoch gibt es einige kulinarische Regeln: Frische Eiernudeln und gefüllte Nudeln harmonieren gut mit Sahne- und Buttersaucen, während getrocknete Pasta zu Saucen auf Olivenölbasis passt. Je mehr Hohlraum eine Nudel hat, desto mehr Sauce kann sie aufnehmen und desto gehaltvoller kann auch die Sauce sein. Dünne Nudeln sollten nicht von einer mächtigen Sauce „erschlagen" werden. Eine Faustegel besagt: Je schwerer die Sauce, umso breiter die Pasta. Der Klassiker unter den Saucen ist die Tomatensauce, *sugo al pomodoro*. Sie passt eigentlich zu jeder Pasta – vorausgesetzt, sie wird aus aromatischen Tomaten und mit gutem Olivenöl zubereitet und durch Kräuter und/oder Gemüse geschmacklich abgerundet.

An zweiter Stelle steht die Fleischsauce, *ragù*. Angeblich gibt es dafür in Italien ebenso viele Rezepte wie Herde. Ragù passt ideal zu Röhrennudeln, Spaghetti und anderen Bandnudeln.

Fisch- und Meeresfrüchtesaucen eignen sich für lange, dünne Nudeln, *pesto* kann zu Spaghetti oder Bandnudeln und sogar zu gefüllter Pasta gereicht werden.

Salsa al gorgonzola
Gorgonzolasauce

1 EL Butter
100 g Gorgonzola
150 g süße Sahne
150 ml Milch
2 Salbeiblätter, fein gehackt
Salz
frisch gemahlener Pfeffer

Butter, Gorgonzola, Sahne und Milch in einer Schüssel über einem heißen Wasserbad langsam unter Rühren erhitzen, bis der Käse geschmolzen ist. Die Sauce mit Salbei, Salz und Pfeffer abschmecken.

Sugo ai carciofi e speck

Sugo ai carciofi e speck
Artischocken-Speck-Sauce

8 kleine violette Artischocken
4 EL Zitronensaft
4 Knoblauchzehen
150 g Pancetta
5 EL Olivenöl
250 ml trockener Weißwein
400 ml Brühe (nach Geschmack)
Salz
frisch gemahlener Pfeffer

Die Artischocken putzen: Die Stiele bis auf ca. 4 cm kürzen und die Stielansätze schälen, die harten Außenblätter entfernen und die harten Spitzen der übrigen Blätter kappen. Artischocken längs in Scheiben schneiden und sofort in eine Schüssel mit Zitronenwasser legen. Etwas ziehen lassen, dann abgießen und trocken tupfen.

Den Knoblauch schälen und in dünne Scheiben schneiden. Den Speck würfeln. Das Olivenöl in einer großen Pfanne erhitzen, den Speck und die Artischocken darin anbraten. Knoblauch dazugeben und goldbraun braten. Mit dem Wein ablöschen, die Brühe angießen, einmal aufkochen lassen und mit Salz und Pfeffer würzen. Das Gemüse zugedeckt bei kleiner Hitze etwa 15 Minuten kochen, bis die Artischocken gar sind.

Salsa alla cacciatora
Jägersauce

50 g getrocknete Steinpilze
4 EL Olivenöl
1 Zwiebel, fein gehackt
1 Knoblauchzehe, fein gehackt
50 g geräucherter Pancetta, gewürfelt
1 Selleriestange, fein gewürfelt
50 g roher Schinken, gewürfelt
Salz
frisch gemahlener Pfeffer
100 ml Rotwein
1 Lorbeerblatt
150 g süße Sahne

Die Steinpilze in 250 ml lauwarmem Wasser 30 Minuten quellen lassen. Dann die Pilze durch ein feines Sieb abgießen, dabei das Einweichwasser auffangen. Die Pilze grob hacken. Das Olivenöl in einer tiefen Pfanne erhitzen. Zwiebel, Knoblauch und Speck im Öl glasig dünsten. Sellerie und Schinken zufügen, mit Salz und Pfeffer würzen. Den Rotwein zugießen und einkochen lassen.

Steinpilze mit dem Einweichwasser und dem Lorbeerblatt in die Pfanne geben. Die Sauce 10 Minuten köcheln lassen. Dann die Sahne einrühren und die Sauce weitere 10 Minuten einkochen lassen. Das Lorbeerblatt entfernen, Sauce mit Salz und Pfeffer abschmecken.

Sugo con le conchiglie
Muschelsauce

1 kg gemischte Muscheln
1 kg Eiertomaten
5 EL Olivenöl
1 große Zwiebel, fein gehackt
2 Knoblauchzehen, fein gehackt
2 Selleriestangen, gewürfelt
2 Karotten, gewürfelt
Salz
frisch gemahlener Pfeffer
2 EL fein gehackte Petersilie

Die Muscheln gründlich waschen, abbürsten, ggf. die Bärte entfernen, geöffnete Muscheln wegwerfen. Die Tomaten häuten, vierteln, entkernen und in kleine Würfel schneiden.

Das Olivenöl in einem großen Topf erhitzen, Zwiebel und Knoblauch darin glasig dünsten. Sellerie und Karotten dazugeben und kurz andünsten. Die Muscheln hinzufügen und bei geschlossenem Deckel etwa 5 Minuten bei großer Hitze garen, dabei den Topf mehrmals rütteln.

Muscheln aus dem Topf nehmen, geschlossene Muscheln wegwerfen. Die Tomaten in die Gemüsemischung geben, mit Salz und Pfeffer würzen und etwas einkochen lassen.

Die Muscheln in die Tomatensauce geben und bei kleiner Hitze kurz darin ziehen lassen. Die Petersilie unterrühren.

Salsa all'amatriciana
Tomaten-Speck-Sauce

150 g Pancetta
500 g Tomaten
2 EL Olivenöl
1 kleine Zwiebel, fein gehackt
1 frische rote Chili, fein gehackt
Salz
frisch gemahlener Pfeffer

Den Pancetta in ca. 1 cm große Würfel schneiden. Die Tomaten häuten, vierteln, entkernen und grob hacken.

Das Öl in einem Topf erhitzen und den Pancetta darin auslassen. Zwiebel und Chili zugeben und glasig dünsten. Die Tomaten untermischen. 15–20 Minuten köcheln lassen. Mit Salz und Pfeffer abschmecken.

Sugo con le conchiglie

Ragù alla bolognese
Bolognerser Sauce

25 g getrocknete Steinpilze
1 EL Butter
50 g Pancetta, gewürfelt
1 kleine Zwiebel, fein gehackt
1 Knoblauchzehe, fein gehackt
2 kleine Karotten, fein gewürfelt
2 Selleriestangen, fein gewürfelt
300 g Rinderhackfleisch
Salz
frisch gemahlener Pfeffer
Zucker
frisch geriebene Muskatnuss
1 EL Tomatenmark
125 ml Rotwein
250 g passierte Tomaten aus der Dose

Die Steinpilze in 125 ml lauwarmem Wasser 20 Minuten einweichen.

Die Butter in einer Pfanne zerlassen und den Pancetta darin ausbraten. Zwiebel und Knoblauch zufügen und glasig dünsten. Karotten und Sellerie dazugeben und unter Rühren einige Minuten anbraten.

Das Hackfleisch untermischen und unter Rühren ausbraten. Mit Salz, Pfeffer, 1 Prise Zucker und Muskatnuss würzen. Das Tomatenmark einrühren und anrösten. Dann den Rotwein zugießen und die passierten Tomaten unterrühren.

Die Steinpilze klein schneiden und zur Sauce geben. Das Einweichwasser durch ein feines Sieb dazugießen. Die Sauce bei kleiner Hitze 1 Stunde einkochen lassen.

Ragù

Spötter behaupten, es gäbe in Italien ebenso viele Rezepte für *ragù* wie Herde, auf denen die Fleischsauce zubereitet wird. Fleischsorten, Gemüse, Gewürze und Kräuter sind je nach Region verschieden. Die Rezepte werden überdies noch je nach persönlichen Vorlieben und Familientradition abgewandelt.

Aus dem Piemont kommt das *ragù alla romagnola* aus Rindfleisch, Salsiccia, Pancetta, Karotten, Sellerie, Zwiebel, Tomaten und Weißwein. Für das *ragù alla napoletana* gart man Schweinefleisch in Schweineschmalz, in den Abruzzen schmort man Lamm mit Tomaten, Paprika, Knoblauch und Lorbeerblättern in Weißwein. Eines haben alle Fleischsaucen gemeinsam: Während vor allem die ältere Generation darauf besteht, dass ein echtes Ragù mindestens zwei, besser noch drei Stunden köcheln muss, tendiert man heute dazu, die Sauce nicht gar so lange auf dem Herd zu lassen – nicht nur aus Zeitersparnis, sondern auch weil man den Eigengeschmack der Zutaten noch erhalten will.

Für eine echte Bologneser Sauce werden zunächst getrocknete Steinpilze eingeweicht.

Dann werden Speck, Pancetta und klein gewürfeltes Wurzelgemüse in Olivenöl angedünstet.

Jetzt gibt man Rinderhackfleisch dazu und brät es so lange, bis es krümelig ist.

Mit Salz, Pfeffer und Muskatnuss würzen, Tomatenmark unterrühren und anrösten.

Die klein gehackten Steinpilze zufügen und das Einweichwasser durch ein Sieb angießen.

Italienische Olivenöle

Rund 250 verschiedene Olivenbaumsorten sorgen beim Olivenöl für eine große Geschmacksvielfalt. Man unterteilt Italien grob in vier Anbauzonen:

Ligurien, Sardinien und die Küstenzonen der Toskana Die dortigen Öle sind wegen des vom Meer bestimmten Klimas eher leicht und fein im Geschmack.

Zentralitalien Vor allem aus der Toskana und aus Umbrien kommen sehr aromatische Öle, die, vor allem wenn sie frisch gepresst sind, einen kräftigen „Biss" im Nachgeschmack haben.

Süditalien Im heißen Klima entstehen sehr kräftige Öle mit einem intensiven, fast „fetten" Olivengeschmack.

Sizilien Die unterschiedlichen Mikroklimazonen auf dieser Insel bringen eine Vielfalt an Ölen hervor wie sonst keine Region Italiens.

Basilikum

Basilikum wird seit über 4000 Jahren kultiviert. Die Griechen gaben den intensiv duftenden Blättern den Namen „Königskraut" und schätzten nicht nur ihr kräftiges Aroma, sondern auch ihre Wirkung als Heilpflanze. Die ursprüngliche Heimat des Basilikums ist Asien. Heute gibt es rund 60 Basilikumsorten. Die bekanntesten sind das kleinblättrige „griechische" Basilikum und das sogenannte „süße" oder „italienische" Basilikum, auch *basilico genovese* genannt. Beide unterscheiden sich geschmacklich stark von den asiatischen und afrikanischen Basilikumsorten. Die zarten grünen Basilikumblätter aus dem Mittelmeerraum haben, wenn man sie frisch verwendet, einen leicht pfeffrigen, süßwürzigen Geschmack. Die empfindliche Pflanze braucht viel Sonne und Feuchtigkeit. Geradezu ideale Voraussetzungen findet sie in Ligurien und im Piemont. Basilikum sollte nicht mitgekocht, sondern den Gerichten erst am Ende der Garzeit zugegeben werden.

Pesto alla genovese
Basilikumsauce

2 EL Pinienkerne
3–4 Knoblauchzehen
2 Bund Basilikum
½ TL Salz
je 1 EL geriebener Parmesan und Pecorino
100 ml Olivenöl

Die Pinienkerne in einer Pfanne ohne Fett goldbraun rösten. Abkühlen lassen, dann grob hacken. Den Knoblauch schälen und ebenfalls grob hacken.

Das Basilikum abbrausen, gut trocken tupfen und die Blätter in Streifen schneiden. Alles mit dem Salz in einem großen Mörser zu einer Paste zermahlen.

Nach und nach die beiden Käsesorten unterarbeiten. Dann das Olivenöl in dünnem Strahl zugeben und so lange rühren, bis eine cremige Sauce entsteht.

Die Basis des Pesto sind klein geschnittenes Basilikum, Pinienkerne und Knoblauch.

Die Zutaten werden in einen großen Mörser aus Porzellan, Granit oder Keramik gegeben.

Den mit Salz zu einem Mus zermahlenen Zutaten wird frisch geriebener Käse hinzugefügt.

In einem dünnem Strahl wird langsam aromatisches Olivenöl unter die Paste gerührt.

Der Pesto wird zu einer cremigen Sauce verrührt, bei Bedarf unter Hinzufügung von etwas Wasser.

Formenvielfalt

Mehr als 600 verschiedene Nudelarten und -formen sind in Italien auf dem Markt. Sie unterscheiden sich oft nur minimal in Gestalt, Größe, Durchmesser und Teigsorte. Nudeldesigner geben sich viel Mühe, immer neue Formen und fantasievolle Namen zu entwerfen. Die Nudelindustrie ist auf diesem Gebiet sehr kreativ. Klassische Nudelformen tragen so schöne und lautmalerische Namen wie *conchiglie* (Muscheln), *farfalle* (Schmetterlinge), *orecchiette* (kleine Ohren), *penne* (Federn), *ruote* (Kutschenräder), *strozzapreti* oder *strangolapreti* (Priesterwürger) oder *capelli d'angelo* (Engelshaar).

Aber trotz aller Marketingbemühungen der großen Teigwarenhersteller machen immer noch rund ein Dutzend Nudelsorten – die Standards – über 90 Prozent des Nudelmarkts aus. Der Rest sind regionale Besonderheiten, Neuschöpfungen, die schon bald wieder vom Markt verschwinden, oder Nudeln, die für bestimmte Anlässe kreiert werden, wie die Millenniums-Nudel zur Jahrtausendwende oder eine Pasta in Tennisschlägerform, die speziell für Weltmeisterschaften hergestellt wird.

Pastasciutta

Eines der größten Nudel-Missverständnisse außerhalb Italiens ist die *pastasciutta*. Denn hierbei handelt es sich nicht um ein Rezept für Nudeln mit Hackfleischsauce. Als Pastasciutta (trockene Nudeln) bezeichnet man generell alle Nudelgerichte, die mit Sauce oder Käse angerichtet werden, von schlichten Spaghetti in Tomatensauce über raffinierte Kürbis-Tortellini in Butter bis zur gehaltvollen Lasagne. Diese Nudeln gelten in der italienischen Küche trotz Sauce im Gegensatz zu Nudeln in Brühe oder Suppe als „trocken".

In Restaurants wird Pastasciutta wie Risotto oder Gnocchi als erster Hauptgang serviert. Darauf folgt immer noch ein Fleisch- oder Fischgericht. Deshalb sind die Nudelportionen nicht allzu üppig bemessen. In Italien ist es immer noch nicht üblich, nur eine Pastasciutta zu bestellen. Das befremdet den Gastronomen ebenso wie die touristische Untugend, über jedes Nudelgericht, selbst wenn es Fisch oder Meeresfrüchte enthält, geriebenen Käse zu streuen.

Quadrucci

Orecchiette

Trofie

Malloreddus

Fettuccine

Maltagliati

Spaghetti

Penne
Farfalle
Fusilli
Casareccia al Pomodoro
Cavatellucci
Rigatoni
Ruote tricolori
Tagliatelle
Tofarelle
Tagliatelle verdi
Cannelloni
Lasagne
Fusilli tricolori

Die königliche Spaghetti-Gabel

Nudeln machen nicht nur glücklich, sondern auch erfinderisch. So war etwa Ferdinand II., von 1830 bis 1859 König von Neapel, ein passionierter Spaghetti-Liebhaber. Da man diese Nudeln aber nicht mit den damals bei Hof bekannten scharfen, dreizackigen Gabeln essen konnte (und der König nicht wie das gemeine Volk seine Hände zum Nudelessen benutzen wollte), ließ er sich von seinem Hofmeister eine stumpfe vierzackige Gabel anfertigen, Vorläuferin der uns heute bekannten Gabelform.

Spaghetti & Co.

Spaghetti gehören zur *pasta lunga*, den langen Nudeln. Der Name ist abgeleitet von *spago* (zu Deutsch: Schnur). Auch wenn Spaghetti im Ausland oft als Inbegriff der italienischen Pasta gelten, sind sie nicht die älteste Nudelsorte, ganz sicher aber die berühmteste. Sie werden in der Regel industriell hergestellt.

Ursprünglich war der Name *spaghetti* der Sammelbegriff für alle getrockneten, schnurförmigen Nudeln, egal, wie dick sie waren. Heute sind die Bezeichnungen differenzierter. Doch eines haben alle Fadennudeln, ob dick oder dünn, gemeinsam: Man isst sie nur mit der Gabel. Auch wenn der Kellner inzwischen Touristen einen Löffel zur Gabel serviert: Spaghetti werden stilgerecht am Tellerrand auf die Gabel gewickelt und gegessen. Dabei ist es durchaus erlaubt, sich ein wenig über den Teller zu beugen.

Spaghettini, in Neapel auch *vermicelli* genannt, sind dünner als gewöhnliche Spaghetti. Sie werden gern mit Muscheln und Fisch oder einfach nur mit Knoblauch, Olivenöl und Peperoncino – *aglio, olio e peperoncino* – zubereitet.

Bucatini sind in Mittelitalien sehr beliebt. Die dickeren Spaghetti mit einem Loch, *buco*, passen hervorragend zu kräftigen Tomatensaucen oder üppigen Saucen mit Speck.

Linguine – Zungen – sehen aus wie flach gewalzte Spaghetti. Sie haben eine raue Oberfläche, an der die Saucen besonders gut haften.

Spaghetti alla chitarra

Spaghetti alla chitarra, auch *maccheroni alla chitarra* genannt, sind etwa 2 mm dicke Spaghetti mit einem quadratischen Querschnitt. Sie werden in den Abruzzen auf einem mit Drähten bespannten Rahmen, der *chitarra* (Gitarre), hergestellt. Dazu legt man den dünn ausgerollten Teig über die Saiten und fährt mit einem Nudelholz darüber. So entstehen aus dem Teig lange, dünne Nudeln.

Spaghetti alla carbonara
Spaghetti nach Köhlerart

400 g Spaghetti
Salz
4 Eier
4 EL süße Sahne
50 g geriebener Parmesan
50 g geriebener Pecorino
frisch gemahlener Pfeffer
150 g Pancetta, in Würfel geschnitten
1 EL Butter

Die Spaghetti in reichlich kochendem Salzwasser *al dente* garen.
Inzwischen die Eier mit Sahne, Käse, Salz und Pfeffer in einer Schüssel verrühren.
Den Pancetta in einer großen Pfanne in der Butter knusprig ausbraten. Die Spaghetti abgießen und noch tropfnass in die Pfanne geben. Die Käsesauce darübergießen. Dann die Pfanne vom Herd nehmen und die Nudeln in der Sauce wenden, bis das Ei zu stocken beginnt, aber noch cremig ist. Auf vorgewärmte Teller verteilen und mit Pfeffer bestreuen.

Spaghetti aglio, olio e peperoncino
Spaghetti mit Knoblauch, Öl und Chili

400 g Spaghetti
Salz
4–6 Knoblauchzehen, fein gehackt
2–3 getrocknete Chillies
100 ml Olivenöl
2 EL fein gehackte Petersilie
frisch gemahlener Pfeffer
75 g geriebener Parmesan

Die Spaghetti in reichlich kochendes Salzwasser geben und *al dente* garen.
Den Knoblauch mit den ganzen Chillies in einer tiefen Pfanne im Olivenöl anbraten. Sobald die gewünschte Schärfe erreicht ist, die Chillies wieder herausnehmen. Wer es scharf liebt, kann die Chillies auch im Öl lassen.
Die Spaghetti abgießen und noch tropfnass mit dem heißen Knoblauchöl und der Petersilie vermischen. Mit Pfeffer würzen und in vorgewärmten Tellern portionsweise anrichten. Den Parmesan getrennt dazu reichen.

Spaghetti al pomodoro
Spaghetti mit Tomatensauce

600 g vollreife Tomaten
4 EL Olivenöl
Salz
1 Prise Zucker
frisch gemahlener Pfeffer
400 g Spaghetti
1 EL fein geschnittene Basilikumblätter
75 g geriebener Parmesan
oder Pecorino

Die Tomaten häuten, halbieren, entkernen und würfeln. Dann im Olivenöl anbraten, mit Salz, Zucker und Pfeffer würzen und bei schwacher Hitze etwa 20 Minuten köcheln lassen.
Die Spaghetti in reichlich kochendes Salzwasser geben und *al dente* garen. Spaghetti abgießen und noch tropfnass mit der Tomatensauce vermengen. Auf vorgewärmte Teller verteilen und mit dem Basilikum bestreuen. Den Käse getrennt dazu servieren.

Bucatini alla puttanesca
Bucatini mit Tomaten, Kapern und Oliven

100 g entsteinte schwarze Oliven
5 in Öl eingelegte Sardellenfilets
4 EL Olivenöl
2 EL Tomatenmark
800 g geschälte Tomaten aus der Dose
60 g kleine Kapern
Salz
frisch gemahlener Pfeffer
400 g Bucatini

Die Oliven vierteln und die Sardellenfilets fein hacken. Das Olivenöl in einem Topf erhitzen, das Tomatenmark einrühren und anrösten. Die geschälten und mit einer Gabel zerdrückten Tomaten dazugeben. Oliven, Sardellen und Kapern einrühren und die Sauce bei schwacher Hitze 20 Minuten köcheln lassen. Mit Salz und Pfeffer abschmecken
Die Nudeln in reichlich kochendem Salzwasser *al dente* garen. Abgießen und noch tropfnass unter die Sauce mischen. Auf vorgewärmte Teller verteilen und sofort servieren.

Beliebte Pastagerichte

Tagliolini al tartufo
Tagliolini mit weißer Trüffel

400 g Tagliolini
Salz
100 g Butter
1 kleine weiße Trüffel

Die Tagliolini in reichlich kochendem Salzwasser *al dente* garen.
In der Zwischenzeit die Butter zerlassen, aber nicht bräunen. Die Trüffel mit einer weichen Bürste trocken reinigen.
Die Nudeln in ein Sieb abgießen, gut abtropfen lassen und auf 4 vorgewärmte Teller verteilen. Die Butter darübergießen. Mit einem Trüffelhobel die Trüffel in feinen Spänen über die Nudeln hobeln.

Linguine con salsa di pesce
Linguine mit Fischsauce

400 g Fischfilet (z. B. Barsch oder Dorsch)
Mehl zum Bestäuben
600 g vollreife Tomaten
1 Zwiebel
4 EL Olivenöl
Salz
frisch gemahlener Pfeffer
350 g Linguine
1 EL fein gehackte Petersilie
Basilikumblätter zum Garnieren

Das Fischfilet waschen, trocken tupfen und in Mehl wenden. Die Tomaten häuten, vierteln, entkernen und in Würfel schneiden. Die Zwiebel schälen, halbieren und in feine Scheiben schneiden.
Den Fisch im heißen Olivenöl auf beiden Seiten goldbraun anbraten und dann herausnehmen und warm stellen. Die Zwiebel im Bratöl glasig werden lassen, Tomatenwürfel dazugeben und andünsten. Mit Salz und Pfeffer würzen und zugedeckt bei schwacher Hitze 10 Minuten köcheln lassen.
Inzwischen die Nudeln in reichlich kochendem Salzwasser *al dente* garen. Nudeln abgießen und noch tropfnass mit der Petersilie unter die Tomatensauce heben. Fisch in mundgerechte Stücke zerpflücken und unter die Nudeln mengen. Zugedeckt kurz ziehen lassen. Portionsweise in vorgewärmten Tellern anrichten und mit Basilikumblättern garnieren.

Bandnudeln

Als ob die Nudelformenvielfalt nicht schon verwirrend genug wäre – dazu kann noch je nach Region und Hersteller ein und dieselbe Nudelform bis zu zehn verschiedene Namen haben. Die Klassiker unter den Bandnudeln heißen zum Glück in ganz Italien gleich. Oft werden sie nicht nur getrocknet, sondern auch als frische Eierteigwaren angeboten.

Die breitesten Bandnudeln sind die toskanischen *pappardelle*. Gar nicht fein ist die sprachliche Herkunft der köstlichen Nudel. Das toskanische Wort bedeutet ursprünglich „sich den Wanst vollschlagen" und findet sich in diesem Sinn auch in Boccaccios *Decamerone*.

Tagliatelle, sicher eine der beliebtesten Bandnudelsorten, sind gut 1 cm breit. Ihren Namen haben sie vom italienischen Verb für „schneiden", *tagliare*. Meist werden sie zu kleinen Nestern oder Spiralen aufgerollt angeboten. Sie stammen ursprünglich aus Bologna und passen ideal zu Fleischsaucen.

Die etwas schmaleren und dickeren Tagliatelle heißen rund um Rom *fettuccine*, in Ligurien *trenette*. Sie passen sowohl zum aromatischen Pesto als auch zu Sahne- und Buttersaucen mit Gemüse, Fisch und Meeresfrüchten.

Tagliarellini sind etwa 4 mm breit. Grüne und weiße Tagliarellini sind die Grundlage für das klassische Nudelgericht „Stroh und Heu", *paglia e fieno*.

Tagliolini, die feinsten Bandnudeln, sind nur 1 mm breit und schmecken am allerbesten nur mit etwas Butter und weißen Trüffeln.

Pappardelle al sugo di lepre
Pappardelle mit Hasenragout

4 Hasenkeulen
Salz
frisch gemahlener Pfeffer
4 EL Olivenöl
1 Zwiebel, fein gewürfelt
1 Karotte, gewürfelt
1 Selleriestange, gewürfelt
250 ml Rotwein
400 g Pappardelle
1 EL fein gehackte Petersilie

Die Hasenkeulen waschen, trocken tupfen und kräftig mit Salz und Pfeffer einreiben.

Das Öl in einem Schmortopf erhitzen und die Gemüsewürfel darin anrösten. Die Hasenkeulen hineingeben und auf beiden Seiten anbraten. Mit Rotwein ablöschen und zugedeckt bei schwacher Hitze etwa 40 Minuten schmoren lassen, bis das Fleisch gar ist. Dann die Keulen aus der Sauce nehmen. Das Fleisch vom Knochen lösen, in kleine Würfel schneiden und wieder in die Sauce geben.

Die Nudeln *al dente* garen, dann abgießen und noch tropfnass mit der Sauce vermischen. Mit Salz und Pfeffer abschmecken und mit der Petersilie bestreut servieren.

Penne all'arrabbiata
Scharfe Penne

500 g vollreife Tomaten
2 EL Olivenöl
100 g Pancetta, gewürfelt
1 Zwiebel, fein gehackt
2 Knoblauchzehen, fein gehackt
2–3 getrocknete rote Chillies
400 g Penne rigate
Salz
75 g geriebener Pecorino

Die Tomaten häuten, vierteln, entkernen und klein würfeln. Das Olivenöl in einer tiefen Pfanne erhitzen und den Speck darin anbraten. Zwiebel und Knoblauch zufügen und glasig dünsten. Dann die Tomatenwürfel und die ganzen Chillies dazugeben und die Sauce bei schwacher Hitze etwas köcheln lassen. Sobald sie die gewünschte Schärfe erreicht hat, die Chillies wieder entfernen.
Die Penne in reichlich kochendes Salzwasser geben. Nach der Hälfte der auf der Packungsanleitung angegebenen Garzeit abgießen, dabei etwas Nudelwasser auffangen. Die Penne, 2 Esslöffel Pecorino sowie 3–4 Esslöffel Nudelwasser unter die Tomatensauce mischen und die Nudeln unter Rühren fertig garen. Auf vorgewärmten Tellern anrichten und mit dem restlichen Pecorino bestreuen.

Rigatoni all'amatriciana
Rigatoni mit Speck und Zwiebeln

3 Tomaten
100 g Pancetta, gewürfelt
2 EL Olivenöl
2 kleine weiße Zwiebeln, fein gehackt
1 kleine getrocknete rote Chili, fein gehackt
Salz
350 g Rigatoni
60 g geriebener Pecorino

Die Tomaten häuten, vierteln, entkernen und würfeln. Die Speckwürfel im heißen Olivenöl knusprig braten, dann aus der Pfanne nehmen und warm halten. Zwiebeln und Chili im Bratfett andünsten. Tomaten dazugeben, leicht salzen und 10 Minuten köcheln lassen.
Inzwischen die Nudeln in reichlich kochendem Salzwasser *al dente* garen. Abgießen und in einer vorgewärmten Schüssel mit den Speckwürfeln, der Tomatensauce und dem Pecorino gründlich vermengen. Sofort servieren.

Ziti con salsiccia
Ziti mit Bratwurst

250 g Salsiccia (rohe italienische Bratwurst)
2 gelbe Paprika
2 Tomaten
2 EL Olivenöl
1 weiße Zwiebel, fein gehackt
2 Knoblauchzehen, fein gehackt
250 ml Weißwein
frisch gemahlener Pfeffer
1 EL fein gehackter Oregano
350 g Ziti
Salz

Die Salsiccia enthäuten und in Scheiben schneiden. Die Paprika halbieren, entkernen und in Streifen schneiden. Die Tomaten häuten, vierteln, entkernen und klein würfeln.
Das Olivenöl in einer tiefen Pfanne erhitzen, Zwiebel und Knoblauch darin glasig dünsten. Die Wurstscheiben sowie die Paprikastreifen dazugeben und unter Wenden anbraten. Tomatenwürfel zufügen, den Wein angießen und alles mit Pfeffer und Oregano abschmecken. Bei schwacher Hitze 15–20 Minuten köcheln lassen.
Inzwischen die Nudeln in mundgerechte Stücke brechen und in reichlich kochendem Salzwasser *al dente* garen. Die Nudeln abgießen, abtropfen lassen und mit der Saunce vermengen. Zugedeckt 1–2 Minuten ziehen lassen. Auf vorgewärmten Tellern anrichten.

Neapel

„Drei Dinge können eine Familie ruinieren: Konfekt, frisches Brot und Makkaroni", sagt ein altes neapolitanisches Sprichwort. Teigwaren, hergestellt aus feinem Mehl, waren lange Zeit ein teures Vergnügen. Und so besingt man heute noch in Volksliedern sehnsuchtsvoll ein fernes Land, in dem es Makkaroni vom Himmel regnet. Erst die industrielle Fertigung machte die Pasta zur preiswerten Alltagszutat.

In Neapel, heute noch das Zentrum der Pastaproduktion, begann im 19. Jahrhundert mit der Erfindung der Walz- und Knetmaschinen die fabrikmäßige Herstellung von Nudeln. Fast jede Nudelpackung zierte damals die Ansicht der Bucht von Neapel mit der Rauchfahne über dem Vesuv.

Kein Geringerer als der Gott Vulcanus, so glauben die Neapolitaner, soll als Erster eine formlose Masse aus Hartweizengrieß und Wasser in anmutige Pastafäden verwandelt haben. Nachdem die Speise die Herzen und Gaumen der Götter erobert hatte, verriet Ceres, die Göttin der Erdfrüchte, das Geheimnis der Pastaherstellung den Neapolitanern, für die sie eine besondere Vorliebe hegte.

Pipe con rana pescatrice
Pipe mit Seeteufel

400 g Seeteufelfilet
400 g Pipe
Salz
60 ml Olivenöl
1 kleine weiße Zwiebel, fein gehackt
1 Knoblauchzehe, fein gehackt
frisch gemahlener Pfeffer
1 EL Kapern, grob gehackt
1 EL fein gehackte Petersilie

Den Fisch waschen, trocken tupfen und in Würfel schneiden. Die Nudeln in reichlich kochendem Salzwasser *al dente* garen.

Inzwischen das Öl in einer großen Pfanne erhitzen, Zwiebel und Knoblauch darin glasig dünsten. Den Fisch dazugeben und unter Rühren 4 Minuten dünsten. Mit Salz und Pfeffer würzen, danach die Kapern zufügen.

Die Nudeln abgießen, noch tropfnass unter den Fisch mischen und zugedeckt 1–2 Minuten ziehen lassen. Die Petersilie zugeben. Die Nudeln auf 4 vorgewärmten Tellern portionsweise anrichten.

Orecchiette con broccoli
Orecchiette mit Brokkoli

500 g Brokkoliröschen
Salz
1 frische rote Chili
4 eingelegte Sardellenfilets
100 ml Olivenöl
4 Knoblauchzehen, fein gehackt
25 g Pinienkerne
400 g geschälte Tomaten aus der Dose
frisch gemahlener Pfeffer
300 g Orecchiette
60 g geriebener Pecorino

Die Brokkoliröschen in reichlich kochendem Salzwasser 3 Minuten blanchieren. Dann herausnehmen und gut abtropfen lassen, das Kochwasser aufheben.

Die Chili halbieren und entkernen, die Sardellenfilets unter kaltem Wasser abspülen. Dann beides fein hacken.

Das Olivenöl in einer tiefen Pfanne erhitzen, Chili, Sardellen, Knoblauch und Pinienkerne darin andünsten. Die Tomaten zufügen, mit Salz und Pfeffer würzen und 15 Minuten köcheln lassen.

Inzwischen das Brokkoliwasser wieder zum Kochen bringen und die Orecchiette darin *al dente* garen. Die Nudeln abgießen und noch tropfnass in die Tomatensauce geben. Die Brokkoliröschen sowie 2 Esslöffel Pecorino unterheben und alles zugedeckt bei kleiner Hitze einige Minuten ziehen lassen. Mit dem restlichen Käse bestreut servieren.

Farfalle con pomodori secchi e basilico
Schmetterlingsnudeln mit getrockneten Tomaten

30 g getrocknete Tomaten
50 g Pinienkerne
1 Bund Basilikum
2 Knoblauchzehen, gehackt
Salz
7 EL Olivenöl
1 EL geriebener Parmesan
400 g Farfalle
frisch gemahlener Pfeffer

Die getrockneten Tomaten mit heißem Wasser übergießen und 25 Minuten quellen lassen. Dann abgießen, gut ausdrücken und hacken.

Die Pinienkerne in einer Pfanne ohne Fett goldbraun rösten. Das Basilikum abspülen und trocken tupfen, die Blätter abzupfen. In einem großen Mörser die Hälfte der Pinienkerne mit Basilikumblättern, Knoblauch und 1/2 Teelöffel Salz zermahlen. Nach und nach das Olivenöl einarbeiten, zuletzt den Parmesan unterrühren. Die Tomatenstücke in die Basilikumsauce geben.

Die Nudeln in reichlich kochendem Salzwasser *al dente* garen. Nudeln abgießen und noch tropfnass in einer vorgewärmten Schüssel mit der Basilikum-Tomaten-Sauce vermengen. Auf vorgewärmten Tellern anrichten, mit Pfeffer würzen und mit den restlichen Pinienkernen bestreuen.

Trofie pesto rosso
Handgerollte Nudeln mit rotem Pesto

Für den Nudelteig:
300 g Hartweizenmehl, plus etwas mehr zum Bestäuben
1 TL Weißweinessig
2 EL Olivenöl
Salz
3 EL Grieß

Für den Pesto:
50 g Pinienkerne
2 Knoblauchzehen, gehackt
1 frische rote Chili, gehackt
150 g getrocknete Tomaten, in Öl eingelegt
1 EL Tomatenmark
frisch gemahlener Pfeffer
1 EL geriebener Parmesan

Das Mehl in eine Schüssel sieben. Eine Mulde ins Mehl drücken, ca. 150 ml Wasser, Essig, Öl und Salz hineingeben. Dann alle Zutaten zu einem glatten, geschmeidigen Teig verkneten. Den Teig in 2 Portionen teilen, auf einer bemehlten Arbeitsfläche dünn ausrollen und etwas antrocknen lassen. Mit Grieß bestreuen und mit einem scharfen Messer oder einem Teigrad dünne Nudeln abschneiden und von Hand rollen.

Die Pinienkerne in einer Pfanne ohne Fett bei kleiner Hitze unter Rühren goldbraun rösten. Pinienkerne, Knoblauch, Chili und Tomaten samt Öl im Mixer pürieren. Tomatenmark und so viel Wasser unterrühren, bis eine homogene Paste entsteht. Mit Salz und Pfeffer abschmecken.

Die Nudeln in reichlich kochendem Salzwasser *al dente* garen. Den Parmesan und 3 Esslöffel Nudelkochwasser unter den Pesto rühren. Nudeln abgießen, in eine vorgewärmte Schüssel geben, mit dem Pesto vermischen und sofort servieren. Nach Belieben mit zusätzlichem Parmesan bestreuen.

Von einer Nudelteigplatte mit dem Teigrad oder einem Messer einheitlich dünne Streifen abschneiden.

Sämtliche Zutaten für den roten Pesto in der Küchenmaschine oder im Mixer mit Öl gut pürieren.

Die Nudeln in kochendem Salzwasser al dente garen, dann abgießen und gründlich mit dem Pesto vermengen.

Trofie pesto rosso

Pizzoccheri
Buchweizennudeln mit Wirsing

100 g Buchweizenmehl
100 g Weizenmehl, plus etwas mehr zum Bestäuben
1 Ei
2 Eigelb
Salz
3–5 EL Weißwein
250 g Wirsing
2 Kartoffeln
100 g Butter
2 Knoblauchzehen, in Scheiben geschnitten
6 Salbeiblätter, in Streifen geschnitten
250 g Casera, gewürfelt

Die beiden Mehlsorten auf eine Arbeitsfläche sieben, in die Mitte eine Mulde drücken. Ei, Eigelb, 1 Teelöffel Salz und den Weißwein hineingeben. Alles zu einem glatten, geschmeidigen Teig verkneten. Den Teig in ein feuchtes Tuch einschlagen und 1 Stunde bei Zimmertemperatur ruhen lassen. Teig auf der bemehlten Arbeitsfläche ca. 5 mm dick ausrollen und mit dem Teigrad 5 cm x 2 cm große Nudeln daraus schneiden. Den Wirsing in feine Streifen und die Kartoffeln in Scheiben schneiden. Wirsing und Kartoffeln in reichlich kochendem Salzwasser 15 Minuten garen. Dann die Nudeln zufügen und 10 Minuten weiterkochen.
Inzwischen die Butter zerlassen, Knoblauch und Salbei unterrühren. Karoffeln, Wirsing und Nudeln abgießen und in eine vorgewärmte Schüssel füllen. Casera untermischen und das Gericht mit der Salbeibutter begießen.

tipo 00

Teigtaschen – lecker gefüllt, heiß geliebt

Gefüllte Nudeln, *pasta ripiena*, haben seit Jahrhunderten die Fantasie und Kreativität italienischer Hausfrauen und Köche angeregt. Das Ausgangsprodukt ist bis heute ein Nudelteig mit frischen Eiern, der mit allerlei Leckerem gefüllt und zu kleinen Taschen, Quadraten, Rechtecken, Dreiecken, Kreisen oder Halbkreisen, zu Hüten oder Kringeln geformt wird. Pasta ripiena findet man vor allem in Nord- und Mittelitalien. Ein Grund dafür ist sicher, dass früher in Süditalien frische Eier nicht alltäglich waren. Sie sind aber die Voraussetzung für einen geschmeidigen Teig, der sich problemlos formen lässt.

Für Nicht-Italiener ist die Nudeltaschen-Vielfalt zunächst verwirrend. Nicht nur ihre Form unterscheidet sich fast von Stadt zu Stadt. Auch für die Füllung hat jede Gegend ihre eigene Tradition: Fleisch in der Romagna, Kräuter in der Emilia, Bratenfleisch im Piemont, Kräuter, Fisch oder Fleisch in Ligurien, Fleisch und Wurst in der Toskana. Die kleinsten gefüllten Nudeln, *cappelletti,* kommen aus Ferrara und sind mit einer Truthahnmasse gefüllt. Mit Kürbis gefüllt heißen sie *cappellacci.* Die großen *tortelloni* aus Piacenza sind mit Ricotta und Kräutern gefüllt, die kleinen *tortellini* aus Bologna mit einer Masse aus Fleisch, Mortadella und Schinken, die *ravioli* aus Modena mit gebratenem Fleisch, während Parma die Stadt der *anolini* mit einer Fleisch-Gemüse-Füllung ist. Im Piemont füllt man *agnolotti* mit Fleisch und Kohl, in Ligurien *pansoti* mit Wildkräutern, in den Marken *cappelletti alla pescarese* mit Schweinebraten, gekochtem Kapaun oder Truthahn.

Die Basis der vor allem in Nord- und Mittelitalien so beliebten Teigtaschen ist ein frischer Eiernudelteig, der zurechtgeschnitten und gefüllt wird.

Tortellini

Die Liebesgöttin Venus persönlich soll Modell gestanden haben für die verführerischen Teigkringel der *tortellini*. Der Legende nach hatte Venus bei einem Besuch auf der Erde in einem bescheidenen Gasthaus Station gemacht. Als der Wirt ihr eine Erfrischung auf das Zimmer brachte, stand er unvermutet der nackten Venus gegenüber. Überwältigt von der perfekten Form ihres Bauchnabels eilte er sofort in die Küche, um den Nabel in Teig nachzubilden.

Tatsache ist: Tortellini sind das kulinarische Wahrzeichen von Bologna. In den kleinen Gassen der Provinzhauptstadt kann man den Tortellini-Herstellern bei ihrer Arbeit fast über die Schulter schauen. Die Nudeltaschen werden in einer kräftigen Brühe oder mit Fleischragout serviert. Am besten schmecken sie in einer der typischen Trattorien zwischen der Piazza Maggiore und den Laubengängen der historischen Altstadt, nur wenige Schritte entfernt von den Geschlechtertürmen der alten Familien Asinelli und Garisenda.

Tortellini sind lecker gefüllte kleine Teigtaschen. Traditionell werden sie einfach in Butter geschwenkt und mit Parmesan serviert.

Die Spitze des um den Zeigefinger gelegten Dreiecks wird hochgebogen, zuletzt schließt man die Teigenden zu einem Ring.

Der Bauchnabel der Göttin Venus soll Pate gestanden sein für die wohlgeformten Teigtaschen.

Der Nudelteig wird dünn ausgerollt und zunächst in Streifen, danach in Quadrate geschnitten.

In die Mitte jedes Quadrats kommt etwas Füllung, dann wird es zu einem Dreieck gefaltet.

Tortellini ai funghi
Tortellini mit Pilzfüllung

Für den Teig:
1 g Safranfäden
300 g Hartweizenmehl, plus etwas mehr zum Bestäuben
1 Ei und 1 Eiweiß
2 EL Öl
½ TL Salz
1 TL Essig

Für die Füllung:
2 EL Butter
2 Schalotten, fein gehackt
1 Knoblauchzehe, fein gehackt
300 g Champignons oder Waldpilze, fein gehackt
2 EL fein gehackte Petersilie
Salz und Pfeffer
1 TL getrockneter Thymian
2 EL geriebener Parmesan

Den Safran in 2 Esslöffeln heißem Wasser einweichen. Das Mehl in eine Schüssel geben, eine Mulde hineindrücken und das Safranwasser durch ein Sieb hineingießen. Mit Ei, Eiweiß, Öl, Salz und Essig zu einem glatten, geschmeidigen Teig verkneten, eventuell noch etwas Wasser zugeben. In Frischhaltefolie wickeln und 1 Stunde im Kühlschrank ruhen lassen.
Die Butter in einem Topf zerlassen. Schalotten, Knoblauch und Pilze zugeben. Bei mittlerer Hitze dünsten, bis alle Flüssigkeit eingekocht ist. Die Petersilie untermischen, mit Salz, Pfeffer und Thymian würzen. Die Pilzmasse leicht abkühlen lassen und den Parmesan unterrühren. Im Kühlschrank abkühlen lassen.
Den Nudelteig dünn ausrollen. Mit einem Teigrad 6 cm große Teigquadrate ausschneiden und in die Mitte jedes Quadrats etwas Füllung setzen. Das Quadrat über der Füllung zu einem Dreieck zusammenfalten, die Teigränder fest andrücken.
Das Teigdreieck über dem Zeigefinger formen: Die Spitze hochbiegen und die beiden seitlichen Ecken über den Finger legen. Die Teigenden zu einem Ring schließen und fest zusammendrücken. Die Tortellini auf einem bemehlten Küchentuch 30 Minuten trocknen lassen. Die Tortellini in kochendem Salzwasser *al dente* garen.

Ravioli al formaggio
Ravioli mit Schafskäse

Für den Teig:
300 g Hartweizenmehl, plus etwas mehr zum Bestäuben
2 Eier
1 EL Öl
½ TL Salz
1 TL Essig
3–4 EL Wasser

Für die Füllung:
250 g Schafskäse
2 Knoblauchzehen, fein gehackt
2 EL fein gehackte Petersilie
1 frische rote Chili, entkernt und fein gehackt
Salz und Pfeffer

Aus Mehl, Eiern, Öl, Salz, Essig und Wasser einen glatten, geschmeidigen Teig kneten. In Frischhaltefolie wickeln und 1 Stunde im Kühlschrank ruhen lassen.
Für die Füllung den Käse zerbröckeln und mit Knoblauch, Petersilie und Chili vermengen.
Die Ravioli wie im nebenstehenden Rezept *Ravioli alla zucca* zubereiten.

Ravioli alla zucca
Kürbisravioli

Für den Teig:
300 g Hartweizenmehl, plus etwas mehr zum Bestäuben
2 Eier
1 EL Öl
½ TL Salz
1 TL Essig
3–4 EL Wasser

Für die Füllung:
1 EL Olivenöl
1 Zwiebel, fein gewürfelt
2 Knoblauchzehen, fein gehackt
1 Bund fein gehackte glatte Petersilie
300 g gemischtes Hackfleisch
Salz und Pfeffer

Aus Mehl, Eiern, Öl, Salz, Essig und Wasser einen glatten, geschmeidigen Teig kneten. In Frischhaltefolie wickeln und 1 Stunde im Kühlschrank ruhen lassen.
Für die Füllung Zwiebel, Knoblauch und Petersilie im Olivenöl andünsten. Etwas abkühlen lassen und mit dem Hackfleisch, Salz und Pfeffer vermischen.
Den Teig in 2 Stücke teilen. Jedes Stück auf einer bemehlten Arbeitsfläche dünn ausrollen. Von der Fleischmasse haselnussgroße Stücke abstechen und im Abstand von ca. 4 cm auf eine Teigplatte setzen. Die Zwischenräume mit etwas Wasser bestreichen. Die zweite Teigplatte darüberlegen und jeweils um die Füllung herum leicht andrücken. Mit einem Teigrad Quadrate ausschneiden und die Ränder mit einer Gabel zusammendrücken. Die Ravioli 30 Minuten trocknen lassen, danach in kochendes Salzwasser geben und bei mittlerer Hitze garen. Mit einem Schaumlöffel herausheben und auf Küchenpapier gut abtropfen lassen.

Panzerotti al gambero
Panzerotti mit Garnelenfüllung

250 g Mehl, plus etwas mehr zum Bestäuben
2 Eier
5 EL Olivenöl
Salz und Pfeffer
1 EL Weinessig
300 g rohe Garnelen
40 ml Weinbrand
250 ml Weißwein
300 g Tomaten
1 Zwiebel, gewürfelt
1 Knoblauchzehe, fein gehackt
1 EL Balsamico-Essig
Zucker
4 Frühlingszwiebeln, gehackt
1 Selleriestange, gewürfelt
2 EL fein gehackte Petersilie
Sellerieblätter zum Garnieren

Mehl, Eier, 1 Esslöffel Öl, Salz, Essig und 1–2 Esslöffel Wasser zu einem glatten, geschmeidigen Teig verkneten. Teig in Frischhaltefolie wickeln und 2 Stunden im Kühlschrank ruhen lassen.

Die Garnelen waschen und abtropfen lassen. In einer Pfanne 1 Esslöffel Öl erhitzen und die Garnelen darin kurz auf beiden Seiten anbraten, bis sie sich rosarot färben. Dann aus der Pfanne nehmen und abkühlen lassen.

Die Garnelen auslösen und die Darmfäden entfernen. Köpfe und Schalen klein hacken und in der Pfanne 2 Minuten rösten. Weinbrand und Wein angießen, den Sud stark einkochen. Dann durch ein feines Sieb abgießen und beiseitestellen.

Die Tomaten häuten, vierteln, entkernen und würfeln. Zwiebel und Knoblauch in der Pfanne im übrigen Öl anbraten. Tomaten dazugeben, und kurz andünsten. Den Sud angießen, mit Essig, Zucker, Salz und Pfeffer abschmecken. Auf kleiner Hitze köcheln lassen, bis die Sauce eindickt.

Das Garnelenfleisch in Würfel schneiden. Mit den Frühlingszwiebeln und dem Sellerie vermengen, salzen und pfeffern.

Den Teig auf einer bemehlten Arbeitsfläche dünn ausrollen. 10 cm große Kreise ausstechen. Von der Füllung mit einem Teelöffel haselnussgroße Portionen abstechen und auf die Teigkreise setzen. Jeweils eine Teighälfte so über die Füllung schlagen, dass ein Halbkreis entsteht. Den Rand um die Füllung herum mit einer Gabel zusammendrücken.

Die Panzerotti portionsweise in kochendes Salzwasser geben und dann bei mittlerer Hitze 3–4 Minuten garen. Mit einem Schaumlöffel herausnehmen und in die Sauce geben. Zum Servieren mit gehackter Petersilie bestreuen und mit Sellerieblättern garnieren.

Die Garnelen kurz in Olivenöl anbraten, bis sie sich rosarot färben. Dann aus der Schale lösen.

Gewürfelte Tomaten mit Zwiebel und Knoblauch dünsten und den Garnelenschalen-Sud angießen.

Aus dem Teig Kreise ausstechen, in die Mitte etwas Füllung geben. Den Teig zu Halbkreisen zusammenklappen.

Die Panzerotti in kochendem Salzwasser einige Minuten garen, dann mit einem Schaumlöffel herausheben.

Lasagne

Wie so vieles in der italienischen Küche hat auch der bekannteste Nudelauflauf, die *lasagne*, altrömische Wurzeln. Schon der Schriftsteller Horaz schwärmte von *lagani*, dünnen, aus Wasser und Mehl bereiteten Teigstreifen. Er aß sie gern mit Kichererbsen und Lauch. Bis heute ist *lasagne e ceci*, Lasagne mit Kichererbsen, in der Basilikata ein beliebtes Gericht.

Tüchtige Hausfrauen und gute Restaurants bereiten die Lasagne mit hausgemachten Nudelblättern zu. Der Nudelteig wird dünn ausgerollt und in 10 cm breite Streifen geschnitten, die so lang sind wie die verwendete Auflaufform. Die Nudelstreifen lässt man etwas antrocknen und kann sie anschließend ungekocht verwenden. Schneller und einfacher geht es mit gekauften Lasagneplatten, die ebenfalls ohne Vorkochen gebrauchsfertig sind.

Lasagne ist ein kulinarischer Hochgenuss. Sie besteht aus abwechselnden Schichten von Nudeln, Gemüse, Fleisch oder Fisch und Saucen. Die Tomatensauce sorgt für den frischen und saftigen Geschmack, die Béchamelsauce macht die Lasagne cremig und gibt ihr gleichzeitig Festigkeit. Mozzarella oder Parmesan verleihen ihr beim Überbacken eine knusprige Käsekruste.

Knoblauch

Lange galt die aromatische und gesunde Knolle als Speise der Armen. Adligen, die nach Knoblauch rochen, wurde der Zugang zum Hof verweigert. Doch die kleine weiße oder rosa Knoblauchknolle eroberte schließlich auch die feinen Küchen – zumindest in Italien. Nicht nur das würzige Aroma, auch die Heilwirkung des Knoblauchs sind unumstritten. Sein intensiver und von vielen als störend empfundener Geruch stammt von dem ätherischen Öl, das nach dem Verzehr nicht nur über den Atem, sondern auch über die Haut ausgeschieden wird.

Lasagne con verdure e coda di rospo
Gemüselasagne mit Seeteufel

2 Zwiebeln, gewürfelt
100 g Butter, plus etwas mehr zum Anbraten und Einfetten
1 EL Mehl
150 ml Fischfond
125 ml trockener Vermouth
500 g süße Sahne
2 Eigelb
Salz und Pfeffer
1 EL scharfer Senf
Saft von 1 Zitrone
200 g Lauch, in Scheiben geschnitten
3 Zucchini, gewürfelt
4 Karotten, gewürfelt
1 Fenchelknolle, gewürfelt
80 g Semmelbrösel
2 Knoblauchzehen, fein gehackt
2 EL fein gehackte Petersilie
12 Lasagneblätter
500 g Seeteufelfilet
1 Bund Dill, fein gehackt

Zwiebeln in Butter andünsten, mit Mehl bestäuben. Fischfond und Vermouth angießen, 10 Minuten köcheln lassen, Sahne einrühren und weitere 10 Minuten kochen. Vom Herd nehmen, mit dem Eigelb binden. Mit Salz, Pfeffer, Senf und Zitronensaft würzen. Den Backofen auf 200 °C vorheizen. Das Gemüse blanchieren und abtropfen lassen. In einer Schüssel mit der Hälfte der Sauce verrühren. Semmelbrösel mit dem Knoblauch in Butter goldbraun braten, die Petersilie untermischen. Eine rechteckige Auflaufform mit Butter einfetten, den Boden dünn mit Sauce überziehen. Je 1 Lage Lasagneblätter, die Hälfte des Gemüses und der Semmelbröselmischung schichten, mit Lasagneblättern schließen. Darauf den Fisch verteilen, mit Salz, Pfeffer und Dill würzen und etwas Sauce darübergeben. Dann wieder Lasagneblätter, den Rest des Gemüses und etwas Semmelbröselmischung schichten und mit 1 Lage Lasagneblätter beenden. Mit der restlichen Sauce übergießen, mit der übrigen Semmelbröselmischung bestreuen und 20–25 Minuten backen.

Lasagne verde al forno
Grüne Lasagne mit Hackfleisch

1 Zwiebel, gewürfelt
2 Knoblauchzehen, fein gehackt
1 Karotte, gewürfelt
1 Selleriestange, gewürfelt
2 EL Olivenöl, plus etwas mehr zum Einfetten
400 g gemischtes Hackfleisch
500 g passierte Tomaten aus der Dose
Salz
frisch gemahlener Pfeffer
2 TL getrockneter Oregano
600 ml Béchamelsauce
12 grüne Lasagneblätter, ohne Vorkochen gebrauchsfertig
300 g Mozzarella, in dünne Scheiben geschnitten
50 g geriebener Parmesan

Zwiebel, Knoblauch, Karotte und Sellerie im heißen Olivenöl andünsten, dann das Hackfleisch dazugeben und unter Rühren ausbraten. Die passierten Tomaten untermischen, mit Salz, Pfeffer und Oregano würzen und 15 Minuten köcheln lassen.

Den Backofen auf 200 °C vorheizen. Die Béchamelsauce erhitzen. Eine rechteckige Auflaufform einfetten und den Boden dünn mit Béchamelsauce überziehen. Abwechselnd 1 Lage Lasagneblätter, Hackfleischsauce, Mozzarellascheiben, Lasagneblätter und Béchamelsauce schichten, bis alle Zutaten aufgebraucht sind. Zuletzt mit Béchamelsauce bedecken und mit dem Parmesan bestreuen. 25–30 Minuten backen. Die Lasagne vor dem Anschneiden 5 Minuten ruhen lassen.

Trenette al forno con tonno
Nudelauflauf mit Thunfisch

370 g Thunfisch mit Gemüsebeilage aus der Dose
500 g passierte Tomaten aus der Dose
1 TL getrockneter Oregano
1 EL fein gehackte Petersilie
Salz
frisch gemahlener Pfeffer
350 g Trenette
300 g Mozzarella, gewürfelt
Öl zum Einfetten
2 Tomaten, in Scheiben geschnitten

Den Thunfisch mit dem Gemüse in einem Sieb abtropfen lassen, den Fisch zerpflücken. Die passierten Tomaten aufkochen, Thunfisch mit Gemüse dazugeben und einige Minuten köcheln lassen. Sauce vom Herd nehmen, mit Oregano, Petersilie, Salz und Pfeffer würzen.
Die Nudeln in reichlich kochendem Salzwasser *al dente* garen. Abgießen und gut abtropfen lassen. Den Backofen auf 200 °C vorheizen.
In eine gefettete Auflaufform ein Drittel der Sauce geben, die Hälfte der Nudeln und des Mozzarellas darauf verteilen. Dann das nächste Drittel Sauce und die restlichen Nudeln einfüllen. Mit der übrigen Sauce bedecken und mit den Tomatenscheiben belegen. Den restlichen Mozzarella darauf verteilen und den Auflauf etwa 30 Minuten backen.

Cannelloni agli spinaci
Cannelloni mit Spinat

600 g Blattspinat
1 kleine Zwiebel, fein gehackt
25 g Butter
200 g Ricotta
Salz
frisch gemahlener Pfeffer
frisch geriebene Muskatnuss
Öl zum Einfetten
12 Cannelloni-Röhren, ohne Vorkochen gebrauchsfertig
600 ml Béchamelsauce
50 g geriebener Parmesan

Den Spinat verlesen, welke Blätter und grobe Stiele entfernen und den Spinat gründlich waschen. Die Zwiebel in der Butter glasig dünsten. Den Spinat noch tropfnass dazugeben und zugedeckt zusammenfallen lassen. Dann in einem Sieb gut abtropfen lassen und anschließend hacken. Mit dem Ricotta vermischen, mit Salz, Pfeffer und Muskatnuss abschmecken. Den Backofen auf 200 °C vorheizen.

Eine Auflaufform einfetten. Die Spinatmasse in einen Spritzbeutel mit großer Tülle geben und die Cannelloni damit füllen. Nebeneinander in die Form legen, mit der Béchamelsauce überziehen und mit dem Parmesan bestreuen. 25–30 Minuten backen.

Pasta e lenticchie
Nudeln mit Linsen

150 g Berglinsen
50 g Pancetta, gewürfelt
4 EL Olivenöl
1 kleine Zwiebel, fein gehackt
2 Knoblauchzehen, fein gehackt
1 Selleriestange, gewürfelt
1 Karotte, gewürfelt
500 ml Gemüsebrühe
1 Lorbeerblatt
1 Rosmarinzweig
200 g kurze Makkaroni
Salz
frisch gemahlener Pfeffer
2 EL fein gehackte Petersilie

Die Linsen abspülen und abtropfen lassen. Den Speck im heißen Olivenöl ausbraten. Zwiebel und Knoblauch darin glasig dünsten. Sellerie und Karotte zugeben und andünsten. Linsen zufügen, Brühe angießen, Lorbeerblatt und Rosmarin zufügen. Ca. 40 Minuten bei kleiner Hitze garen. Lorbeerblatt und Rosmarin entfernen. Makkaroni in Salzwasser *al dente* garen. Abgießen und unter die Linsen mengen. Mit Salz und Pfeffer würzen und mit Petersilie bestreuen.

Schlutzkrapfen

150 g Roggenmehl
100 g Weizenmehl
1 Ei
1 EL Olivenöl
300 g Blattspinat
1 kleine Zwiebel, fein gehackt
1 kleine Knoblauchzehe, fein gehackt
150 g Butter
100 g Quark
100 g geriebener Parmesan
frisch geriebene Muskatnuss
Salz und Pfeffer
gehackter Schnittlauch zum Garnieren

Roggen- und Weizenmehl, Ei, Öl und ca. 50 ml lauwarmes Wasser zu einem glatten Teig verkneten. Zu einer Kugel formen, in Frischhaltefolie wickeln und 30 Minuten ruhen lassen.
Den Spinat waschen und noch tropfnass in einem Topf einige Minuten zugedeckt dünsten, bis er zusammenfällt. Abgießen, gut abtropfen lassen und anschließend fein hacken. Zwiebel und Knoblauch in 1 Esslöffel Butter glasig dünsten. Vom Herd nehmen und den Spinat, Quark und 1 Esslöffel Parmesan unterrühren. Mit Muskatnuss, Salz und Pfeffer würzen.
Den Teig mit der Nudelmaschine zu möglichst dünnen Teigplatten ausrollen. Runde Kreise von ca. 7 cm Ø ausstechen. Auf jeden Teigkreis etwas Spinatfüllung setzen, den Teigrand mit Wasser befeuchten und die Kreise über der Füllung zu einem Halbkreis zusammenklappen. Die Ränder zusammendrücken. In leicht kochendem Salzwasser *al dente* garen.
Die restliche Butter bräunen. Schlutzkrapfen mit der Butter anrichten, mit dem restlichen Parmesan und dem Schnittlauch bestreuen.

Vincisgrassi
Lasagne nach Art der Marken

100 g Butter
100 g Pancetta, gewürfelt
1 kleine Zwiebel, gewürfelt
1 Karotte, gewürfelt
300 g Hühnerinnereien, klein geschnitten
50 ml Weißwein
1 EL Tomatenmark
100 ml Fleischbrühe
Salz
frisch gemahlener Pfeffer
1 Msp. Zimt
20 g getrocknete Steinpilze
125 ml Milch
400 ml Béchamelsauce
Öl zum Einfetten
12 Lasagneblätter, ohne Vorkochen gebrauchsfertig
75 g geriebener Parmesan

Die Butter in einer tiefen Pfanne erhitzen und den Pancetta darin auslassen. Zwiebel und Karotte zufügen und andünsten. Die Hühnerinnereien bis auf die Leber dazugeben, kurz anbraten und mit dem Wein ablöschen. Das Tomatenmark mit der Brühe verrühren und zum Fleisch in die Pfanne geben. Mit Salz, Pfeffer und Zimt würzen. Zugedeckt bei kleiner Hitze ca. 1 Stunde köcheln lassen. Die Steinpilze in lauwarmem Wasser einweichen.
Die Pilze abgießen, gut ausdrücken und klein schneiden, mit der Hühnerleber und der Milch in die Pfanne geben. Gut untermischen und noch weitere 30 Minuten köcheln lassen.
Den Backofen auf 200 °C vorheizen. Die Béchamelsauce erhitzen. Eine rechteckige Auflaufform einfetten und den Boden dünn mit Béchamelsauce überziehen. Abwechselnd 1 Lage Lasagneblätter, Hühnersauce, Lasagneblätter und Béchamelsauce schichten, bis alle Zutaten aufgebraucht sind. Abschließend mit Béchamelsauce bedecken und mit dem Parmesan bestreuen. 25–30 Minuten backen. Vor dem Anschneiden 5 Minuten ruhen lassen.

Gnocchi, Polenta & Risotto

Gnocchi

Gnocchi sind ein Klassiker der italienischen Küche und vor allem in Nord- und Mittelitalien ein beliebter erster Gang. Trotz der einfachen Zutaten sind sie eine Delikatesse. Kenner schwören, sie würden am besten pur mit zerlassener Butter und Parmesan schmecken. Allerdings wäre es schade, wenn man deshalb auf all die anderen köstlichen Gnocchi-Gerichte verzichten würde.

Entstanden sind die Gnocchi wahrscheinlich in der Lombardei zur Karnevalszeit. Sie wurden traditionell von den Männern des Hauses zubereitet und mit Butter, Tomatensauce oder süß mit Zucker und Zimt gegessen. Perfekte Gnocchi zu kochen ist eine Kunst, die Erfahrung braucht: Sie müssen locker sein und dennoch beim Kochen ihre Form bewahren. Beim ersten Mal gelingt das fast nie.

Die Zubereitung des Teigs erfordert Fingerspitzengefühl, denn es gibt keine exakte Vorgabe der Zutaten. Wie viel Mehl man für den Teig braucht, das hängt vom Stärkeanteil der verwendeten Kartoffeln ab. Man rechnet zwischen 200 und 350 Gramm Mehl auf 1 Kilogramm Kartoffeln. Die besten Gnocchi erhält man mit abgelagerten, mehlig kochenden Kartoffeln, die man nach dem Kochen zunächst gut ausdampfen lässt, ehe man sie durch die Kartoffelpresse drückt.

So wichtig wie die Wahl der richtigen Kartoffel ist aber auch die Form der Gnocchi. Echte Gnocchi müssen Rillen oder Vertiefungen aufweisen, damit sie die Butter oder die Sauce besser aufnehmen können. Das erreicht man, indem man die Gnocchi mit leichtem Druck über einen Gabelrücken rollt oder leicht gegen die Innenseite einer Käsereibe drückt. Industriell hergestellte Gnocchi haben meistens eine glatte Oberfläche – für Traditionalisten eine kleine Küchensünde.

Gnocchi-Grundrezept

1 kg mehlig kochende Kartoffeln
Salz
1 Ei
2 Eigelb
ca. 300 g Mehl

Die Kartoffeln in Salzwasser etwa 25 Minuten garen. Dann abgießen, leicht abkühlen lassen, schälen und noch warm durch eine Kartoffelpresse drücken. Etwas abkühlen lassen und leicht salzen.
Die Kartoffelmasse mit dem Ei und dem Eigelb verkneten. So viel Mehl einarbeiten, dass ein glatter und geschmeidiger Teig entsteht, der nicht an den Fingern kleben bleibt. Die genaue Mehlmenge hängt von der Kartoffelsorte ab.
Aus dem Kartoffelteig auf einer bemehlten Arbeitsfläche fingerdicke Rollen formen. 2–3 cm lange Stücke abschneiden und mit leichtem Druck über einen Gabelrücken rollen, um den Gnocchi die typische Form zu geben.
Die Gnocchi portionsweise in reichlich kochendem Salzwasser garen, bis sie an die Oberfläche steigen. Dann mit einem Schaumlöffel herausnehmen, abtropfen lassen und je nach Rezept weiter zubereiten.

Für den Gnocchi-Teig die Kartoffeln kochen, schälen und noch warm durch die Kartoffelpressse drücken.

Die Kartoffelmasse mit Ei, Eigelb und so viel Mehl verkneten, dass ein glatter und geschmeidiger Teig entsteht.

Vom Kartoffelteig Portionen abteilen und auf einer bemehlten Fläche zu fingerdicken Rollen formen.

Mit einem scharfen Messer oder einem Küchenbeil kleine Stücke von der Kartoffelteigrolle abschneiden.

Gnocchi di zucca mantovani
Kürbisgnocchi aus Mantua

500 g Kürbisfleisch
Salz
ca. 150 g Mehl
50 g Amarettibrösel
2 Eier
75 g Butter, zerlassen
75 g geriebener Parmesan

Den Backofen auf 200 °C vorheizen. Das Kürbisfleisch würfeln und in eine Auflaufform geben. 45 Minuten garen. Den Kürbis noch heiß durch ein Sieb streichen, dann mit 1 Prise Salz, Mehl, Amarettibröseln und Eiern gründlich zu einem glatten, geschmeidigen Teig verkneten. Aus dem Teig fingerdicke Rollen formen. 2–3 cm lange Stücke abschneiden und mit leichtem Druck über einen Gabelrücken rollen, um den Gnocchi die typische Form zu geben. Gnocchi in reichlich kochendem Salzwasser garen, bis sie an die Oberfläche steigen. Dann mit einem Schaumlöffel herausnehmen und abtropfen lassen. Portionsweise mit zerlassener Butter beträufeln und mit dem Parmesan bestreuen.

Die Gnocchi über einen Gabelrücken rollen und portionsweise in kochendem Salzwasser garen.

Die Gnocchi sind gar, wenn sie an die Oberfläche steigen. Mit einem Schaumlöffel aus dem Wasser heben.

Die Gnocchi abtropfen lassen und, wenn alle fertig gekocht sind, unter eine Tomatensauce heben.

Kurz in der Sauce ziehen lassen, anschließend mit frisch geriebenem Parmesan bestreuen.

Verona und das Fest der Gnocchi

Auf einer Landzunge, die von der Etsch gebildet wird, liegt die Altstadt Veronas – vornehm, berühmt und farbenfroh lebendig. Römer, Ostgoten, Franken, Sachsen und Hohenstaufer, später auch die Venezianer, haben das Stadtbild der oberitalienischen Stadt geprägt, die zu den schönsten ganz Italiens zählt. Im Jahr 2000 nahm die UNESCO sie ins Weltkulturerbe auf. Touristische Anziehungspunkte sind die *Casa di Giulietta*, das Haus an der Via Cappello 23, auf dessen Balkon der Legende nach einst Shakespeares Julia sehnsüchtig auf ihren Romeo wartete, und das römische Amphitheater, das jeden Sommer die Kulisse für die weltbekannten Opernfestspiele bildet.

Sehenswert ist auch der Karneval in Verona mit dem Baccanale del gnocco, auch Funzione dei gnocchi (Andacht der Gnocchi) oder Festa dell'abbondanza (Fest des Überflusses) genannt. Am Karnevals-Freitag wird hier der Gnocchi-Vater, *papà del gnocco*, gewählt. Er führt auf einem Esel reitend den fröhlichen Karnevalszug durch die Altstadt an – ausgestattet mit einem falschen Bauch voller Gnocchi und mit einer riesigen Gabel als Zepter, auf der ein überdimensionaler Gnocco aufgespießt ist. Nach dem Umzug werden an alle Anwesenden Gnocchi verteilt – traditionell mit Butter und Käse oder mit *patissada de caval*, einem aromatischen Pferdefleischragout. Der Brauch geht auf das 16. Jahrhundert zurück. Zwischen 1520 und 1531 führten Überschwemmungen der Etsch mehrfach zu Hungersnöten. Der Arzt Tommaso da Vico ließ damals rund um die romanische Basilika San Zeno kostenlos Mehl, Käse und Wein an die Bedürftigen verteilen.

Gnocchi heißt wörtlich übersetzt „Klößchen", doch im in Volksmund bedeutet *gnocco* auch „Dummkopf". In einem Spottvers aus dem 19. Jahrhundert wurden die Veroneser einst als *gnocchi* bezeichnet, getreu der Devise: Man ist, was man isst.

Die Ponte Pietra gehört zu den Sehenswürdigkeiten Veronas. Die beiden Brückenbögen am linken Ufer der Etsch stammen noch aus römischer Zeit.

Salbei

Salbei ist ein dominantes Kraut. Seine graugrünen, länglichen, behaarten Blätter haben ein sehr würziges, herbes Aroma, das sich nur mit wenigen anderen Gewürzen verträgt. Deshalb sollte Salbei immer vorsichtig dosiert und als Hauptaroma verwendet werden. Salbeiblätter immer frisch verwenden – sie entfalten ihre Würze am besten in fettreichen Speisen oder wenn sie in Butter oder Öl kurz angeröstet werden. In Italien kommt Salbei in Geflügel-, Fisch- und Fleischgerichte, sowie in Buttersaucen und Füllungen.

Gnocchi con patissada de caval
Gnocchi mit Pferdefleischragout

800 g Pferdefleisch von der Schulter
2 EL Olivenöl
1 EL Butter
1 weiße Zwiebel, fein gehackt
2 Knoblauchzehen, fein gehackt
Salz
frisch gemahlener Pfeffer
1 TL edelsüßes Paprikapulver
250 ml Rotwein
4 Tomaten, grob gehackt
1 Lorbeerblatt
1 Bund Thymian
250 ml Fleischbrühe
gekochte Gnocchi aus 1 kg Kartoffeln (siehe Gnocchi-Grundrezept auf Seite 75)

Das Fleisch in kleine Würfel schneiden. Olivenöl und Butter in einem Schmortopf erhitzen und das Fleisch darin anbraten. Zwiebel und Knoblauch zufügen und andünsten. Mit Salz, Pfeffer und Paprikapulver würzen und mit dem Wein ablöschen. Dann die Tomaten untermischen und die Kräuter hineingeben. Die Brühe angießen. Zugedeckt bei kleiner Hitze ca. 2 Stunden schmoren. Dann die Kräuter entfernen, das Ragout mit Salz und Pfeffer abschmecken und mit Gnocchi servieren.

Gnocchi-Vielfalt

Die Gnocchi-Familie ist groß. Die feinen Klößchen oder Nockerln werden je nach Region aus Kartoffeln, Kürbis, Grieß, Mais- oder Kastanienmehl hergestellt. Im Trentin bereitet man kleine Gnocchi aus einem Kartoffelteig mit Roter Bete zu, die mit zerlassener Butter beträufelt und mit Mohn bestreut wird, oder füllt Kartoffelteig-Gnocchi mit einer deftigen Käse-Speck-Mischung.

Die süßen *gnocchi di prugne* aus dem Grenzland zu Österreich werden mit getrockneten Pflaumen gefüllt. Ebenfalls süß sind die *gnocchi al cacao* aus Triest, Kartoffel-Gnocchi mit Zartbitterschokolade und kandierten Früchten, die man nicht als Dessert, sondern als ersten Gang serviert, und die, obwohl eine Süßspeise, zu einem Antipasti-Buffet gehören können.

Aus dem Piemont – und nicht, wie ihr Name vermuten ließe, aus der italienischen Hauptstadt – kommen die *gnocchi alla romana* aus Hartweizengrieß, die als Nockerln oder Scheiben im Backofen mit geriebenem Käse gratiniert werden. Niemand weiß, wie sie den Weg vom Piemont nach Rom fanden und woher die Tradition stammt, dieses Gericht vor allem donnerstags zu essen.

Wenig schmeichelhaft ist der Name der lombardischen Gnocchi-Spezialität *malfatti* (wörtlich übersetzt: schlecht gemacht). Es sind kleine köstliche Bällchen aus gehacktem Spinat, Ricotta und Mehl. Ihren Namen verdanken sie wohl der im Vergleich zu den klassischen Gnocchi eher einfachen Form.

Die sardischen *malloreddus* hingegen ähneln kleinen geriffelten Muscheln und werden mit Safran gewürzt. Man serviert sie mit Tomatensauce, klein geschnittener würziger Wurst und geriebenem Schafskäse.

Gnocchi gibt es in ganz Italien in zahlreichen verschiedenen Formen und Größen, und auch die Zutaten variieren je nach Region.

Gnocchi con salsa all'astice
Venezianische Gnocchi mit Hummersauce

250 g süße Sahne
125 ml Weißwein
200 g gekochtes Hummerfleisch
Salz
frisch gemahlener Pfeffer
frisch geriebene Muskatnuss
1 EL fein gehacktes Fenchelkraut
gekochte Gnocchi aus 1 kg Kartoffeln (siehe Grundrezept auf Seite 75)

Die Sahne mit dem Wein etwas einkochen lassen. Das ausgelöste Hummerfleisch klein schneiden und in der Sauce erhitzen, aber nicht mehr kochen. Mit Salz, Pfeffer und Muskatnuss abschmecken und das Fenchelkraut zugeben. Die gekochten Gnocchi portionsweise mit der Hummersauce anrichten.

Gnocchi alla romana

Gnocchi alla romana
Gnocchi auf römische Art

500 ml Milch
125 g Butter, plus etwas mehr zum Einfetten
Salz
250 g Hartweizengrieß
100 g frisch geriebener Parmesan
2 Eigelb
frisch gemahlener Pfeffer
frisch geriebene Muskatnuss
Öl zum Einfetten
2 EL geriebener Fontina

Die Milch mit 2 Esslöffeln Butter, 1/2 Teelöffel Salz sowie 400 ml Wasser zum Kochen bringen. Den Grieß langsam einstreuen und bei schwacher Hitze unter Rühren 25–30 Minuten quellen lassen. Dann in eine Schüssel umfüllen, 2 Esslöffel Parmesan und anschließend das Eigelb unterrühren. Die Masse mit Salz, Pfeffer und Muskatnuss würzen und etwas abkühlen lassen.
Den Backofen auf 200 °C vorheizen. Eine Auflaufform einfetten. Mit zwei Löffeln kleine Nockerln aus der Grießmasse abstechen und nebeneinander in die Form setzen. Den übrigen Parmesan mit dem Fontina mischen und über die Gnocchi streuen. Die restliche Butter zerlassen und über den Käse gießen. Das Gericht etwa 20 Minuten goldbraun überbacken.

Malfatti
Lombardische Gnocchi

500 g Blattspinat
1 kleine Zwiebel, fein gehackt
100 g Butter
200 g Ricotta
75 g frisch geriebener Parmesan
2 Eier
frisch geriebene Muskatnuss
Salz
frisch gemahlener weißer Pfeffer
150 g Mehl
2 EL Speisestärke
8 Salbeiblätter

Den Spinat verlesen, welke Blätter und grobe Stiele entfernen. Dann gründlich waschen und noch tropfnass in einen Topf geben. Zugedeckt bei mittlerer Hitze zusammenfallen lassen. Dann abgießen und gut abtropfen lassen.
Die Zwiebel in 1 Esslöffel Butter glasig dünsten. Den Spinat fein hacken, zur Zwiebel geben, dann vom Herd nehmen und abkühlen lassen.
Den Ricotta mit 2 Esslöffeln Parmesan und den Eiern glatt verrühren. Gehackten Spinat dazugeben und mit Muskatnuss, Salz und Pfeffer würzen. Nach und nach das Mehl und die Speisestärke einarbeiten. Sollte der Teig zu weich sein, noch etwas Mehl darunterkneten.
Aus dem Teig kleine Bällchen formen und in siedendem Salzwasser so lange garen, bis sie an die Oberfläche steigen. Gnocchi mit einem Schaumlöffel herausnehmen und gut abtropfen lassen. Die restliche Butter zerlassen und die Salbeiblätter darin schwenken. Die Gnocchi auf vorgewärmten Tellern anrichten, mit dem übrigen Parmesan bestreuen und die Salbeibutter darüber verteilen.

Malfatti

Polenta

Schon in der Antike war Getreidebrei, *puls* oder *pulmentum*, ein wichtiges Grundnahrungsmittel. Er bestand aus gemahlenem Getreide, meist Hafer, Buchweizen oder Dinkel, das in Wasser gekocht wurde. Lange bevor Reis, Mais und Kartoffel nach Italien kamen, ernährte der Getreidebrei, die Urform der *polenta*, römische Legionäre, einfache Handwerker und Bauern.

Mit der Entdeckung der Neuen Welt kam der Mais nach Europa – zunächst als Importware. Von Venedig aus eroberte er Nord- und Mittelitalien. Leonardo Emo Capodilista, ein Patrizier, soll als Erster in Italien Mais angebaut haben – als preiswertes Lebensmittel für seine Dienerschaft. Schnell erkannten die versierten venezianischen Kaufleute den Wert der neuen Kulturpflanze: Der Ernteertrag betrug bis zum 80-fachen des Saatguteinsatzes. Später wurde die Mais-Polenta zum Nahrungsmittel für Menschen, die zu arm waren, um sich Brot zu kaufen. Sie wurde bereits zum Frühstück gegessen. Der Legende nach haben piemontesische Bauern die Polentascheiben mit gesalzenen Sardellen eingerieben, um ihnen etwas Geschmack zu geben. Die Sardellen wurden nicht mitgegessen, sondern mehrfach zum Aromatisieren verwendet. Bis heute wird in Venedig Mortadella oder eingelegter Fisch auf kalten Polentascheiben gegessen.

Im Lauf der Jahrhunderte machte die Polenta die gleiche kulinarische Karriere wie viele andere einfache Gerichte: Sie wurde von der Speise für Arme zum Küchenklassiker und eroberte sich auch auf dem Speisezettel der gehobenen Küche einen festen Platz. *Polentoni*, Polenta-Esser, nennen die Süditaliener bis heute ihre Landsleute im Norden spöttisch wegen ihrer Vorliebe für den goldgelben oder weißen Maisbrei. Auf dem Land wird die Polenta immer noch nach alter Sitte in einem Kupferkessel, dem *paiolo*, über offenem Feuer bis zu einer Stunde mit einem langen Holzlöffel gerührt. Danach wird der Brei auf ein mit Grieß bestreutes Tuch oder ein feuchtes Brett gestürzt, mit einem Holzspachtel zu einem Rechteck geformt und später, wenn er kalt ist, mit einer dünnen Schnur in Scheiben geschnitten.

Polenta ist sehr vielseitig: Sie wird frisch gekocht als eigenständige Mahlzeit mit zerlassener Butter und Käse serviert – oder mit Fisch, Geflügel oder Fleisch kombiniert. Man kann sie erkalten lassen, anschließend in Scheiben schneiden und braten, grillen oder überbacken. In Venedig kocht man Polenta mit Milch, in den Abruzzen bereitet man sie wie einen Risotto mit Gemüse zu. Im Norden der Lombardei mischt man den gelben Maisgrieß mit Buchweizenmehl und erhält so eine aromatische dunkle Polenta, die *polenta taragna*. Die feinste Variante kommt aus dem Piemont: Dort brät man die Polentascheiben, legt ein Spiegelei darauf und krönt das Gericht mit fein gehobelten weißen Trüffelscheiben.

Mais wird vor allem in Norditalien angebaut. Seine zu Grieß vermahlenen Körner sind das Ausgangsprodukt für die beliebte Polenta, die weit mehr ist als nur ein schlichter „Maisbrei".

Polenta e fontina
Polenta mit Fontina

1 TL Salz
250 g Maisgrieß
60 g Butter, plus etwas mehr zum Einfetten
150 g Fontina
frisch gemahlener weißer Pfeffer

Die Polenta mit Salz und Maisgrieß nach Grundrezept (siehe Seite 81) kochen, in eine mit kaltem Wasser ausgespülte runde Auflaufform gießen, glatt streichen und erkalten lassen. Dann aus der Form stürzen und zweimal horizontal durchschneiden. Die Form säubern und mit Butter ausfetten.
Den Backofen auf 200 °C vorheizen. Den Käse in dünne Scheiben schneiden. 1 Scheibe Polenta in die Auflaufform legen. Mit einem Drittel der Käsescheiben belegen, pfeffern und mit der nächsten Scheibe Polenta bedecken. Wiederholen und die Polenta mit dem restlichen Käse belegen. Die Butter in Flöckchen daraufsetzen. Im Backofen 20–25 Minuten backen.

Der erste Schritt zu einer gelungenen Polenta: Maisgrieß in kochendes gesalzenes Wasser einrühren.

Die Polenta 30 Minuten köcheln lassen. Dann in eine Form umfüllen, glatt streichen und auskühlen lassen.

Die kalte Polenta aus der Form stürzen, in dünne Scheiben schneiden, anschließend grillen oder in der Pfanne braten.

Polenta-Grundrezept

1 TL Salz

250 g Maisgrieß

In einem großen Topf 1 Liter Wasser mit dem Salz zum Kochen bringen. Den Maisgrieß unter Rühren einstreuen und 5 Minuten kochen. Die Polenta bei kleiner Hitze unter ständigem Rühren etwa 30 Minuten köcheln lassen, bis sie sich vom Topf löst.

Die fertige Polenta entweder in eine Schüssel umfüllen und servieren oder in eine mit kaltem Wasser ausgespülte Form gießen, glatt streichen und abkühlen lassen. Dann in Scheiben schneiden und braten oder grillen.

Polenta con le quaglie
Polenta mit Wachteln

60 ml Olivenöl
Salz
frisch gemahlener Pfeffer
einige Salbeiblätter, fein gehackt
8 Wachteln, küchenfertig
4 dickere Scheiben Lardo (weißer Speck)
16 Lorbeerblätter
250 ml Wildfond
500 ml Milch
250 g weißer Maisgrieß

Das Olivenöl mit Salz und Pfeffer verrühren, den Salbei hinzufügen. Die Wachteln waschen und trocken tupfen. Jede Speckscheibe in 3 Teile schneiden. Auf 4 große Holzspieße jeweils 1 Stück Speck, 1 Lorbeerblatt, 1 Wachtel, 1 Lorbeerblatt, 1 Stück Speck, 1 Lorbeerblatt, 1 weitere Wachtel, 1 Lorbeerblatt und 1 Stück Speck stecken. Mit dem gewürzten Öl rundum bestreichen und kurz marinieren.
Das restliche Würzöl in einer tiefen Pfanne erhitzen und die Wachtelspieße darin von allen Seiten anbraten, dann mit etwas Wildfond aufgießen. Bei kleiner Hitze insgesamt 15 Minuten schmoren, dabei nach und nach den restlichen Wildfond angießen. Nach halber Garzeit die Spieße wenden, dann ziehen lassen.
Währenddessen in einem großen Topf die Milch mit 500 ml Salzwasser zum Kochen bringen. Den Maisgrieß unter Rühren einstreuen und 5 Minuten kochen. Den Maisbrei bei schwacher Hitze unter ständigem Rühren etwa 30 Minuten köcheln lassen, bei Bedarf etwas Wasser hinzufügen. Die Polenta sollte weich, aber nicht zu flüssig sein. Die Wachtelspieße portionsweise mit Polenta auf vorgewärmten Tellern mit etwas Schmorfond anrichten.

Maisgrieß

Nach Weizen und Reis ist Mais das weltweit am häufigsten angebaute Getreide. Er stammt ursprünglich aus Mittelamerika und wird seit dem 17. Jahrhundert in Italien gezüchtet. Es gibt ca. 50 000 Maissorten mit gelben und weißen, roten, blauen und schwarzen Körnern. Für Polenta werden vorwiegend die Körner des gelben Mais zu feinem oder grobem Maisgrieß vermahlen. Je feiner der Grieß ist, umso kürzer sind die Kochzeiten. Eine Spezialität aus Venetien ist die weiße Polenta, die einen leicht süßlichen Geschmack hat und besonders gut zu Fisch und Geflügel passt. Polenta aus feinem Maisgrieß wird meist *all'onda* (wörtlich: mit Welle) in der Konsistenz von Kartoffelpüree serviert, aus grobkörnigem Grieß kocht man eine feste Polenta.

Anchovis

Anchovis, kleine Sardellenfilets, werden in der italienischen Küche oft und gern wie ein Gewürz eingesetzt und geben Saucen, Salaten und Fleischgerichten ein ganz besonderes Aroma.

Bereits die Römer bereiteten aus kleinen Sardellen, die sie in Salzlake mit Oregano und Most einkochten, eine klare Würzsauce, *liquamen*, die ähnlich wie heutige Fertigsaucen vielen Gerichten Geschmack verlieh.

Sardellenfilets, die in Salzlake oder Öl eingelegt und fermentiert werden, nennt man Anchovis. Die Anchovis reifen zum Teil zwei Jahre und länger und haben eine mürbe Konsistenz. Die Qualität der Anchovis hängt von der Dauer der Reifung und der Güte des verwendeten Öls ab.

Das Ausgangsprodukt für die Herstellung von Anchovis sind frisch gefangene Sardellen.

Sie werden mit reichlich Salz mindestens drei Monate gelagert, um ihnen Wasser zu entziehen.

Dann werden die gereiften Fische von Hand filetiert und mit Speiseöl in Gläser gefüllt.

Polenta con le sardine
Polenta mit Sardinen

Salz
250 g Maisgrieß
8 Sardinen à 150 g, küchenfertig
frisch gemahlener Pfeffer
75 ml Olivenöl

Die Polenta mit Salz und Maisgrieß nach Grundrezept (siehe Seite 81) zubereiten und auf ein Backbrett oder ein mit Wasser befeuchtetes Blech stürzen. Dann mit einem Teigspatel etwa 5 cm dick auf dem Brett verstreichen. Polenta ganz erkalten und fest werden lassen. Anschließend in 1 cm dicke Scheiben schneiden.
Die Sardinen innen und außen mit Salz und Pfeffer einreiben. Die Fische und die Polentascheiben mit dem Olivenöl bestreichen auf dem heißen Grill rösten.

Polenta smalzada trentina
Trentiner Polenta mit Kapern und Sardellen

Salz
250 g Maisgrieß
125 g Butter, plus etwas mehr zum Einfetten
100 g geriebener Parmesan
1 EL Kapern in Salzlake
8 Sardellenfilets in Öl aus der Dose

Die Polenta mit Salz und Maisgrieß nach Grundrezept (siehe Seite 81) zubereiten. Den Backofen auf 225 °C vorheizen. Eine Auflaufform mit Butter einfetten, die Polenta einfüllen, glatt streichen und mit dem Parmesan bestreuen.
Die Butter in einem kleinen Topf zerlassen. Kapern und die fein gehackten Sardellenfilets untermischen und über die Polenta verteilen. Das Gericht 10 Minuten überbacken und noch in der Form servieren.

Polenta con le sardine

Reis

Reis war zwar schon in der Antike bekannt, doch er wurde kulinarisch nicht eben geschätzt und lediglich als nahrhafte Speise für Gladiatoren und Kranke eingesetzt. Erst in der Renaissance kam der Reis durch die Spanier ins reiche Neapel. Von dort aus führte sein Weg über die Toskana in die Po-Ebene. Hier herrschten ideale Bedingungen für den Reisanbau: ein ausgeglichenes Klima und eine sichere Versorgung der Reisfelder mit klarem, reinen Quellwasser. Heute wird Reis im Piemont, in der Lombardei und in kleinem Umfang auch in der Toskana angebaut. Italien ist europaweit der größte Reisproduzent und Exporteur.

Nach der Ernte wird der Reis zunächst gedroschen und getrocknet. Noch sind seine Körner von harten Spelzen umhüllt, die in Reismühlen entfernt werden. In mehreren Arbeitsschritten wird das Korn geschält, geschliffen und poliert. Dabei werden allerdings auch das eiweißreiche Silberhäutchen und der nährstoffhaltige Keimling entfernt. Der Reis ist jetzt zwar schön weiß, hat aber einen Teil seiner Nährstoffe verloren. Dafür quillt er besser auf und ist länger haltbar.

Italien ist der größte Reisproduzent Europas. Angebaut werden vor allem die Risotto-Reissorten Arborio, Vialone Nano und Carnaroli.

Im Frühjahr werden die Reisfelder am Po durch ein komplexes Kanalsystem überflutet.

In den künstlichen Lagunen wachsen die feuchtigkeitsliebenden Pflanzen schnell heran.

Vor der Ernte im Herbst, wenn der Reis voll ausgereift ist, werden die Felder trockengelegt.

Die Ernte, früher eine mühsame Handarbeit, wird heute weitgehend maschinell ausgeführt.

Große Mähdrescher trennen dabei gleich die ungeschälten Körner vom Stroh.

Risotto-Reis

Risotto-Reis enthält zwei verschiedene Stärkesorten. Auf der Oberfläche des Reiskorns befindet sich eine Stärkeschicht, die sich beim Kochen teilweise auflöst, während die Stärke im Innern des Korns fest bleibt und dem Reis Biss verleiht. Hält man ein Risotto-Reiskorn gegen das Licht, kann man diese beiden unterschiedlichen Stärkesorten mit bloßem Auge erkennen. Der Kern des Korns ist weiß und fest, die äußere Randschicht erscheint durchsichtig.

Es gibt drei Risotto-Reissorten: Arborio, Vialone Nano und Carnaroli, die sich in der Stärkezusammensetzung und in der Korngröße unterscheiden und deshalb unterschiedlich garen. Arborio ist im Piemont, der Lombardei und der Emilia-Romagna beliebt. Er hat große Körner, deren Stärke sich beim Kochen zum größten Teil auflöst. Das Ergebnis ist ein weicher Risotto, der recht schnell klebrig wird, wenn man beim Kochen unachtsam ist.

Vialone Nano, ein kleinkörniger Reis, dessen Stärke sich beim Kochen nicht so leicht löst, wird vor allem in Venetien verwendet. Hier liebt man den Reis ein wenig bissfester. Die hochwertigste und teuerste Reissorte Carnaroli wurde erst vor rund 50 Jahren von einem Mailänder Reisproduzenten durch die Kreuzung von Vialone mit einer japanischen Reissorte entwickelt. Die schlanken, zarten Körner sind von viel weicher Stärke umschlossen, die sich leicht beim Kochen auflöst, und enthalten im Kern mehr feste Stärke als die beiden anderen Risotto-Reissorten. Die kritische Zeitspanne zwischen „gekochtem" und „verkochtem" Reis ist bei Carnaroli größer als bei den beiden anderen Risotto-Reissorten, was die Zubereitung eines geschmeidigen Risotto wesentlich erleichtert.

Risotto kochen

Ein guter *risotto* ist cremig und noch leicht feucht, ohne flüssig zu sein. Zubereitet wird er aus hochwertigen Rundkornreissorten, die nur in Italien angebaut werden. Die Kochmethode für Risotto basiert auf einer Kochanleitung aus dem 15. Jahrhundert. Damals mischte man den Reis noch mit gequollenen Gerstenkörnern.

Die Basis jedes Risotto ist der *soffritto:* Zwiebeln oder Schalotten, manchmal auch Knoblauch, werden in Olivenöl oder Butter glasig gedünstet. Dann werden weitere Zutaten – Fleisch, Gemüse, Pancetta oder Schinken – untergemischt, die ihre Aromen im Fett entfalten, bevor der ungewaschene Reis hinzugefügt und unter Rühren angeschwitzt wird. Sobald die Reiskörner gleichmäßig mit dem aromatisierten Fett überzogen sind, löscht man sie mit Wein ab. Dessen Säure verhindert, dass sich die Stärke in der äußeren Randschicht der Reiskörner zu schnell löst, und stabilisiert gleichzeitig das Korn, damit es nicht aufplatzt und die Stärke auf einmal austritt.

Nach und nach wird nun heiße Flüssigkeit zugegeben, im Idealfall (und der ist in Italien eigentlich die Regel) eine hausgemachte Fleischbrühe (außer für Fisch- und Meeresfrüchte-Risotto). Durch das schrittweise Hinzufügen der heißen Flüssigkeit und das ständige Umrühren löst sich die weiche Stärke, die das Korn umschließt, langsam auf, wird abgerieben und verteilt sich gleichmäßig über alle Zutaten. Ist der Reis gar, wird als letzter Schritt Butter oder Sahne untergerührt, um dem Risotto eine sahnig-cremige, weiche Konsistenz zu verleihen. Der ebenfalls untergemischte Parmesan bindet die noch vorhandene Flüssigkeit.

Risotto-Grundrezept

1 kleine Zwiebel, fein gehackt
60 g Butter
300 g Risotto-Reis
1 Lorbeerblatt
250 ml Weißwein
1 l Fleischbrühe
Salz
frisch gemahlener Pfeffer
50 g geriebener Parmesan

Die Zwiebel in der Hälfte der Butter glasig dünsten. Den Reis und das Lorbeerblatt dazugeben und andünsten.

Den Wein unter Rühren angießen und bei mittlerer Hitze eindicken lassen. Die Fleischbrühe in einem zweiten Topf erhitzen.

Sobald der Wein eingekocht ist, ein Drittel der heißen Brühe unter Rühren zugießen. Ist die Brühe eingedickt, das nächste Drittel zugießen und ebenfalls eindicken lassen.

Die restliche Brühe zugießen und den Risotto so lange bei schwacher Hitze unter Rühren garen, bis der Reis gar ist, aber noch Biss hat.

Den Risotto mit Salz und Pfeffer würzen und das Lorbeerblatt entfernen. Restliche Butter und den Parmesan unterziehen und zugedeckt kurz ziehen lassen.

Die Ausgangsbasis für einen echten Mailänder Risotto sind fein gehackte Zwiebeln, die in Butter glasig gedünstet werden.

Dann wird der ungewaschene Risotto-Reis zugefügt und unter Rühren im Bratfett bei mittlerer Hitze gleichmäßig angeschwitzt.

Anschließend löscht man mit Wein ab, dessen Säure verhindert, dass sich die Stärke aus den Reiskörnern zu schnell löst.

Risotto con gamberi
Risotto mit Garnelen

500 g rohe Garnelen
Salz
1 Zwiebel, gespickt mit 2 Gewürznelken
1 Lorbeerblatt
3 EL Olivenöl
2 Schalotten, gewürfelt
2 Selleriestangen, gewürfelt
300 g Risotto-Reis
125 ml Weißwein
frisch gemahlener Pfeffer
1 EL Zitronensaft
1 EL fein gehackte Petersilie

Die Garnelen in 1 Liter kochendem Salzwasser 3 Minuten garen. Mit dem Schaumlöffel herausnehmen und etwas abkühlen lassen. Garnelen auslösen und die Darmfäden entfernen. Köpfe und Schalen wieder in das Kochwasser geben, die gespickte Zwiebel und das Lorbeerblatt zufügen und zugedeckt 30 Minuten köcheln lassen. Die Kochbrühe durch ein Sieb gießen.

2 Esslöffel Öl in einem Topf erhitzen. Schalotten und Sellerie darin andünsten. Den Reis dazugeben und anbraten. Den Wein angießen und bei mitterer Hitze einkochen lassen. Dannach ein Drittel der heißen Garnelenbrühe unter Rühren zugießen. Ist die Brühe aufgenommen, das nächste Drittel zugießen. Schließlich die restliche Brühe zugießen und den Risotto so lange bei schwacher Hitze unter Rühren garen, bis der Reis gar ist, aber noch Biss hat. Mit Salz und Pfeffer würzen.

Restliches Olivenöl, Zitronensaft und Petersilie unterrühren. Die Garnelen untermischen und das Risotto unter gelegentlichem Rühren wieder erhitzen und servieren.

Nach und nach wird heiße Fleischbrühe untergerührt. Mit der letzten Kelle Brühe kann man nach Belieben Safranfäden unter den Reis rühren.

Sobald sich die Safranfäden zum größten Teil aufgelöst haben, wird ein Stück Butter und geriebener Parmesan hinzugefügt.

Der Risotto wird vom Herd genommen, nochmals kräftig durchgerührt und vor dem Servieren mit etwas Salz abgeschmeckt.

Risotto al radicchio

Risotto al radicchio
Rotweinrisotto mit Radicchio

400 g Radicchio trevigiano
1 l Gemüsebrühe
2 EL Butter
1 Zwiebel, fein gehackt
1 TL Tomatenmark
300 g Risotto-Reis
100 ml Rotwein
1 EL Puderzucker
1 EL Balsamico-Essig
3 EL geriebener Parmesan
Salz
frisch gemahlener Pfeffer

Das obere zarte Drittel der Radicchio-Stauden abschneiden und beiseitestellen. Den Strunk entfernen und den Radicchio in feine Streifen schneiden. Die Gemüsebrühe erhitzen.

Die Hälfte der Butter in einem Topf zerlassen und die Zwiebel darin glasig dünsten. Tomatenmark und Reis dazugeben und anbraten. Radicchio-Streifen hinzufügen, mit Wein ablöschen. Wenn der Wein fast eingekocht ist, ein Drittel der heißen Brühe unter Rühren angießen. Diesen Vorgang zweimal wiederholen. Kurz bevor der Reis fertig gegart ist, den Puderzucker in einer Pfanne hellbraun karamellisieren. Die beiseitegestellten Radicchio-Spitzen zufügen, unter Rühren ca. 1 Minute braten. Mit Essig ablöschen und zum Risotto geben. Restliche Butter und Parmesan in den Risotto rühren, mit Salz und Pfeffer abschmecken.

Risotto nero con seppie
Schwarzer Risotto mit Tintenfisch

500 g Tintenfische
1 Bund glatte Petersilie
Salz
1 Schalotte, fein gehackt
1 Knoblauchzehe, fein gehackt
4 EL Olivenöl
300 g Risotto-Reis
250 ml Weißwein
1 l Fischfond
frisch gemahlener Pfeffer

Die Tintenfische säubern und die Tintenbeutel vorsichtig aus dem Körper lösen. Dann die Tintenfische in schmale Streifen schneiden. Die Petersilie abspülen, die Stängel abschneiden und die Blättchen fein hacken. Tintenbeutel mit den Petersilienstängeln, 1 Prise Salz und etwas Wasser einige Minuten kochen lassen. Dann durch ein Sieb abgießen und die Flüssigkeit auffangen.

Schalotte und Knoblauch im heißen Öl glasig dünsten. Tintenfischstreifen zugeben und kurz anbraten. Den Reis einstreuen und im Öl anbraten. Mit dem Weißwein ablöschen.

Den Fischfond in einem zweiten Topf erhitzen. Sobald der Wein eingekocht ist, ein Drittel des heißen Fischfonds unter Rühren angießen. Diesen Vorgang zweimal wiederholen. Nach etwa 15 Minuten die Tintensauce einrühren und einige Minuten weiter köcheln lassen. Den Risotto mit Salz und Pfeffer abschmecken, portionsweise anrichten und mit der gehackten Petersilie bestreuen.

Risotto nero con seppie

Arancini di riso
Gefüllte Reiskugeln

- *1 Zwiebel, fein gehackt*
- *3 EL Olivenöl*
- *150 g Hackfleisch*
- *1 EL Tomatenmark*
- *150 g feine Erbsen, Tiefkühlware*
- *Salz*
- *frisch gemahlener Pfeffer*
- *200 g Risotto-Reis*
- *3 Eier*
- *4 EL geriebener Pecorino*
- *100 g Semmelbrösel*
- *Fett zum Frittieren*

Die Zwiebel im heißen Öl glasig dünsten. Das Hackfleisch dazugeben und unter Rühren ausbraten. Das Tomatenmark und die tiefgekühlten Erbsen untermischen, mit Salz und Pfeffer würzen. Bei schwacher Hitze garen, bis die Erbsen aufgetaut sind. Vom Herd nehmen und abkühlen lassen.

Den Reis in reichlich Salzwasser in etwa 20 Minuten gar kochen. Abgießen und gut abtropfen lassen. Dann mit 1 Ei und dem Pecorino mischen und erkalten lassen.

Aus der Reismasse 8 Kugeln formen. Jeweils in die Mitte eine Vertiefung drücken, etwas Hackfleischfüllung hineingeben, verschließen und die Kugeln wieder korrekt formen. Die restlichen Eier verquirlen. Reiskugeln im Ei und anschließend in den Semmelbröseln wenden.

Das Fett in der Fritteuse auf 175 °C erhitzen. Die Reiskugeln im heißen Fett etwa 10 Minuten ausbacken, auf Küchenpapier abtropfen lassen und heiß servieren.

Risi e bisi
Venezianischer Reis mit Erbsen

- *2 EL Olivenöl*
- *100 g gekochter Schinken, gewürfelt*
- *1 weiße Zwiebel, fein gehackt*
- *2 Knoblauchzehen, fein gehackt*
- *500 g frische feine Erbsen, gepalt*
- *250 g Risotto-Reis*
- *125 ml Weißwein*
- *750 ml Hühnerbrühe*
- *60 g geriebener Parmesan*
- *1 EL Butter*
- *2 EL fein gehackte Petersilie*
- *Salz*
- *frisch gemahlener Pfeffer*

Das Öl in einem Topf erhitzen, Schinken, Zwiebel und Knoblauch darin andünsten. Die Erbsen unterrühren. Den Reis dazugeben und anbraten. Mit dem Weißwein ablöschen und den Wein einkochen lassen.

Ein Drittel der zuvor erhitzen Brühe unter Rühren zugießen. Ist die Brühe aufgenommen, das nächste Drittel zugießen.

Den Reis mit der restlichen Brühe aufgießen und so lange bei schwacher Hitze unter Rühren garen, bis er gar ist, aber noch Biss hat. Parmesan, Butter und Petersilie unterrühren, mit Salz und Pfeffer würzen. Zugedeckt kurz ziehen lassen.

Risotto con gli asparagi
Risotto mit Spargel

- *500 g grüner Spargel*
- *3 EL Butter*
- *Salz*
- *Zucker*
- *1 kleine Zwiebel, fein gehackt*
- *300 g Risotto-Reis*
- *125 ml Weißwein*
- *Salz*
- *frisch gemahlener Pfeffer*

Die holzigen Enden vom Spargel entfernen, die Spitzen abschneiden und beiseitelegen. Den restlichen Spargel in Stücke schneiden.

1 Liter Wasser mit 1 Teelöffel Butter, etwas Salz und 1 Prise Zucker zum Kochen bringen, Spargelspitzen kurz darin blanchieren. Dann mit einem Schaumlöffel herausnehmen, in Eiswasser abschrecken und beiseitestellen. Spargelstücke in die Brühe geben und 15 Minuten garen. Anschließend durch ein Sieb abgießen, dabei die Brühe auffangen. Den Spargel mit dem Stabmixer pürieren und warm halten.

Die Zwiebel in 1 Esslöffel Butter glasig dünsten, den Reis einstreuen, in der Butter anbraten und mit dem Weißwein ablöschen. Sobald der Wein eingekocht ist, ein Drittel der heißen Spargelbrühe unter Rühren angießen. Diesen Vorgang zweimal wiederholen.

Nach etwa 15 Minuten Garzeit die restliche Butter und das Spargelpüree einrühren und die Spargelspitzen unter den Risotto heben. Das Gericht mit Salz und Pfeffer abschmecken, vom Herd nehmen und zugedeckt 2–3 Minuten ruhen lassen.

Risi e bisi

Der Heilige Markus ist der Schutzpatron von Venedig. Sein Symbol, der geflügelte Löwe, ist das Wahrzeichen der Lagunenstadt. Das alljährliche Festmahl der Dogen am Markustag, dem 25. April, wurde stets mit *risi e bisi*, Risotto mit jungen Erbsen und den ersten frischen Zwiebeln, eröffnet. Die Erbsen kamen von den Feldern der Lagune. Auf jedes Reiskorn sollte eine zarte Erbse kommen.

Pilze – überaus feine Begleiter

Italiener lieben die aromatischen Waldpilze, die in den kühlen, feuchten Wäldern Nord- und Mittelitaliens wachsen. Sie begleiten fast jeden Gang eines Menüs. Als Antipasto serviert man frische Steinpilze dünn aufgeschnitten als Carpaccio, oder gemischte Pilze, die mit Kräutern in Öl und Essig eingelegt sind. Die würzige Pilzcreme ist in der Toskana ein beliebter Aufstrich für geröstetes Weißbrot. Risotto, Pasta und Polenta schmecken mit einer aromatischen Pilzsauce besonders fein, und beim zweiten Gang beweisen Pilze sogar Eigenständigkeit oder liegen ebenbürtig neben Fleisch und Geflügel auf dem Teller.

Das Sammeln von Pilzen hat in der Menschheitsgeschichte eine lange Tradition. Pilze waren nicht nur in Italien ein wichtiger Bestandteil der saisonalen Ernährung. Sie sind reich an hochwertigem pflanzlichem Eiweiß, enthalten wichtige Mineralstoffe und wenig Kalorien, wobei Letzteres in vergangenen Zeiten kaum eine Rolle spielte.

Anders als in vielen nordeuropäischen Ländern ist die Pilzsuche in Italien durch regionale Gesetze streng geregelt. Wer zum Pilzesammeln gehen will, braucht dafür eine amtliche Erlaubnis, die gegen Zahlung eines entsprechenden Betrags bei den Gemeinden ausgestellt wird.

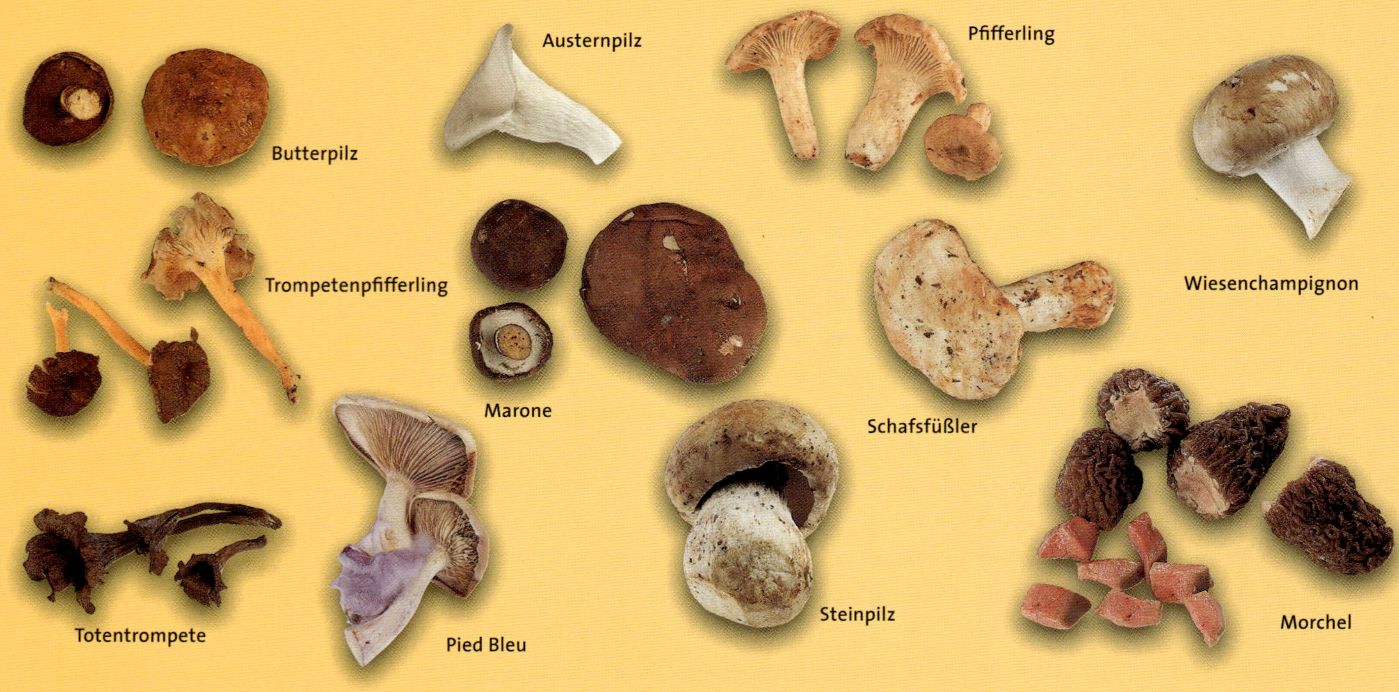

Risotto ai funghi porcini
Steinpilzrisotto

300 g Steinpilze
75 g Parmaschinken
50 g Butter
2 Schalotten, fein gehackt
300 g Risotto-Reis
250 ml Prosecco
1 l Fleischbrühe
Salz
frisch gemahlener Pfeffer
1 EL fein gehackte Petersilie
75 g geriebener Parmesan

Die Steinpilze säubern, putzen und in dünne Scheiben schneiden. Den Schinken in kleine Würfel schneiden.

Die Hälfte der Butter in einem Topf zerlassen. Schalotten und Schinkenwürfel zugeben und andünsten. Den Reis einstreuen und anbraten. Mit dem Prosecco ablöschen. In einem zweiten Topf die Fleischbrühe erhitzen. Wenn der Prosecco fast eingekocht ist, ein Drittel der heißen Brühe unter Rühren angießen. Diesen Vorgang zweimal wiederholen.

Inzwischen die Steinpilze in der restlichen Butter unter Wenden anbraten. Dann unter den fertigen Risotto heben. Mit Salz und Pfeffer würzen, portionsweise anrichten und mit der Petersilie bestreuen. Den Parmesan getrennt dazu reichen.

Bildnachweis

Der Herausgeber dankt den folgenden Personen für die Erlaubnis, urheberrechtlich geschütztes Material zu veröffentlichen:

Sämtliche Foodabbildungen und Ausschnitte: Martin Kurtenbach, Jürgen Schulzki, Ruprecht Stempell. Alle anderen Fotos: Martin Kurtenbach.

Außerdem:
Gunter Beer: sämtliche Hintergrundbilder Holz; 8 (oben links); 13 (oben rechts); 14; 15; 16; 17; 24; 25 (oben); 26; 27; 32 (oben & unten rechts); 39 (oben); 42; 43; 45; 52; 55; 59; 60; 66; 68; 69; 72 (alle außer oben rechts); 77 (rechts); 79 (oben); 80 (oben); 82; 85; 88-9; 90; 91; 92 (oben rechts); 93; 95.
2 Gunter Beer; 6 Hussenot/photocuisine; 8 Mike Cooper (außer oben links); 10-11 Cultura (großes Bild); 25 (Kasten) Jürgen Schulzki; 58 (oben) Ruprecht Stempell; 58 (unten) Enzo & Paolo Ragazzini; 32 (unten links) Don Last; 34-35 Hulton-Deutsch; 129 (oben) Atlantide Phototravel; 40-41 Atlantide Phototravel; 140-141 (großes Bild) Vittoriano Rastelli; 57 Atlantide Phototravel; 60 (Kasten) Ruprecht Stempell; 61 Hussenot/photocuisine; 62 (alle) Don Last; 63 Mascarucci; 64 (oben links) Ruprecht Stempell; 67 (Kasten) Ruprecht Stempell; 76 (großes Bild) Grand Tour; 80 (unten) ditter.projektagentur GmbH; 83 Guido Baviera/Grand Tour; 84 (großes Bild) Bob Krist; 86-87 (großes Bild) Ruprecht Stempell; 94 Botanik Bildarchiv Laux

Umschlagfoto: Spaghetti mit Tomatensauce © Lew Robertson/Getty Images; Pizza aus dem Steinofen © Istock.